Time Zone
Sojourns

［澳大利亚］胡仄佳 著

在时差中漫步

北京日报出版社

目　录

Contents

柬埔寨

Cambodia

意大利

Italy

梵蒂冈

Vaticon City

挪威

Norway

摩纳哥

Monaco

法国

France

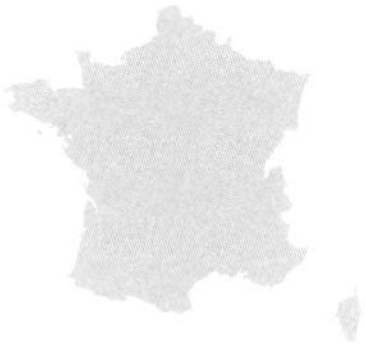

自序

当时差成为常态，晕头转向也就成为常态，眼睛睁着，睡意说来就来。在车上睡、在飞机上睡，又随时醒来。听到看到的新闻颠三倒四，与行程中我的状态暗暗相符。

如今整个世界在疯狂旋转，颠三倒四的时差把人心搅得更加烦乱，世界以沉静、喧嚣，强悍和各种不可思议且温暖的面貌呈现。

时间，在我按下相机快门的瞬间几乎是静止的，流转的分秒被凝固在桌面、墙面和海平面。我知道每天的朝阳、夕阳日日不同，却难以用文字描绘出它们的不同精彩，那些转瞬即逝的细节妙不可言。相机的记忆远远超出我的大脑，那喀嚓喀嚓的纪录声精妙，也悄悄地嘲笑我言辞的贫乏，记忆的短暂和可怜。

骨子里还是中国人的我，早已在新西兰、澳大利亚这两个国家生活好多年了。时间过得飞快，原本很难从一个地方挪动到另一个地方，旅行记忆十分有限的人，如今竟像一枚带翅膀的种子，乘风飘起，以新西兰、澳大利亚为中轴地东走西看。

新西兰、澳大利亚的春夏秋冬皆有自己独特的美法，在这里生活几十年也不曾觉得厌倦无趣。我也曾在短短的两个月时间里

p r e f a c e

体会挪威清冷的季节，意大利法国的浪漫之春，美国东部的春雪，美国南部近墨西哥的闷热……体会一天两三次时差地交替，换乘十三次不同国家的航班，乘坐三个国家的高速列车和市内轻轨，还会自己开车行驶在法国、意大利高速公路，去到远离大城市的小镇度过几天宁静时光。还在季节颠倒的时刻，去到过原以为熟悉的亚洲小国，犹如登上时光机，在潮热音色中回到历史的大美与残酷并存的时空。

在不同国度遭遇到各种新鲜事和异乡人，让我回到孩子般敏锐直觉的心性中，看世界的鲜活。在时差温差中的旅行刺激有意思，走过的地方越多，在各大陆上穿行时越发强烈感到自己的无知渺小。

世界之大、人类文化之丰富多姿，展现的方式对我来说犹如当头棒喝。

容我慢慢说。

乘新西兰“小黑”飞去远方

+4 +5 +6 +7 +8 +9 +10 +11 +12 -12

新西兰

New Zealand

+4 +5 +6 +7 +8 +9 +10 +11 +12 -12

以新西兰为起点

①

那是新西兰很舒服的夏末初秋。

从澳大利亚飞到新西兰的第二天就刮起风来，漫天飘舞的美洲芦苇花絮美得惊人，雪花般轻柔，随风飘到草地、牧场、森林……我关紧所有窗户还是打了好久的喷嚏。

很多外来的植物好看且生命力强，没人晓得它们是怎样无声地把本土植物驱逐甚至挤死，占领了这陌生海岸边的寸寸土地。飞舞在空中的轻薄的花絮种子，有那么蛮荒跋扈的力量真让我惊讶。有些人看那美洲芦苇，基本不会把这种东西视为可恶的植物，只会看到芦花的景致，甚至还期望它们出现在自己的地盘上，芦花摇荡，生出画一般的美景来。只有关注自然环境的人才会意识到它们生命力之强悍，本土植物被它们排挤，夺走土地、阳光、水分，堂皇成为景观主角。学过进化论的人也不一定会想明白，该不该清除这些入侵者？

这次来新西兰是为了远行，行前我们要先劳动一番。

新西兰色彩迷人的夜晚

从邻居家借来工具工作一整天，把花园的草坪边、林子中和我们眼所能及的美洲芦苇从根部尽可能地切断，只有这样，才能把这种貌似无害的植物勉强杀死。劳动很成功，在日落前我们改变了四周面貌，那些高大成簇的美洲芦苇消失后，亮出美妙的海湾大洋景观来。浑身大汗，肮脏的我们坐在草坪上痴笑，笑说我们最终能战胜它们。

其实天晓得结果如何，上次回来时也跟它们大战过一回。初次跟美洲芦苇打交道，不知叶子上极细的锯齿会不动声色地划伤我裸露的手臂，当时不疼，毫无知觉。劳作后，傍晚下海湾游泳才觉双臂火烧火燎，肿痛难忍，差不多用了半月时间才抚平伤痕。被贴地斩根的美洲芦苇一两个月后再度生出新芽新枝来，虽然看上去如茅草脆弱。假如不在它们断根处撒涂上很厉害的除草化学药物，我们简单的除根，未必能抵御得过野生植物本身的顽强。

完成“屠杀”美洲芦苇后，自然景观眨眼就恢复平静，回到新西兰原有的宁静。

②

海湾那头的朋友，夫妻两人来做客时照例带上两头煮好的大龙虾，还没等我拿出相机拍照，男的手起刀落，龙虾已被分尸三段，拆肉拆出好一大盘。西方人吃大龙虾全无中国人对付龙虾的细腻讲究，再好的龙虾也是放进开水里煮五到十分钟，切割出结结实实的虾肉就图那原滋原味。

斩开的大龙虾壳满身利刺，里面褶皱还藏有零碎美味虾肉，我不敢用手掰开龙虾壳，要用毛巾护着才行。朋友满不在乎伸手拿过，一发力，虾壳破成好几块。这只龙虾真大，很想知道如何辨认它在海底生活了多少岁月？满桌专心积极啃噬美味的人都不答话。

朋友的船叫“海腿”，是新西兰人自己创造的水陆两用船，从岸边船库里像车一样开到海边，收起轮子，船直开到海面去。

新西兰的海永远看不腻

找海底有礁石的区域，将龙虾捕捞筐沉到海底做好标志，过半天一天后再打捞上来。按新西兰海洋捕捞法规规定，只要遵守私人捕捞的每日限量和尺寸，开船出海的人，天天吃新鲜美味的龙虾就像吃西兰花一般平常。每次回新西兰的家都会请朋友们来品尝我的改良川菜，带大龙虾来做客的他们也总让我开心地吃最鲜美的海味，真是皆大欢喜。

③

离开新西兰的最后那晚点燃了壁炉，用的是我们从澳大利亚带过来的包装油画的瓦楞纸板。拆下一大堆，与其扔掉不如点火取暖来得环保。很容易燃烧的材料立刻化作熊熊火焰，呼呼地被高烟囱拔旺，很快就温暖了整座房子。坐在壁炉前的餐桌边，把开了瓶的红酒慢慢喝完，倒上床，很暖和地沉沉入睡。

第二天清晨，整理好行装要离开这个家了。出门竟见草地上有很大一块烟囱残片横躺，一定是昨夜的壁炉大火与冷温差打过架，失败者——烟囱心碎两块。可我们马上就要离开，没时间去修复它，也爬不上那烟囱的最高处，只好等我们转回到这个安宁角落时，再去修复它。

④

开车离开新西兰家的那天，正好是“澳大利亚新西兰战争纪念日”。按传统，从日出前就陆续开始的纪念活动会在这两个国家的大小城市、乡镇举行。开车经过一个小镇，公路是小镇的主街，路的一边是小超市、餐馆和加油站，另一边有很小的市政厅，平时闭门空无人迹。

那天，小市政厅前聚满了小镇居民举行战争纪念活动。十来位身着便装的男女老兵胸前挂着些勋章列两队站立，执旗人肃穆庄重站在前头，按主持人口令，立正、稍息、正步走地准备游行。当地老少居民近百人肃立一旁，几乎全是毛利人。

两百多年前，欧洲白人发现并登陆了新西兰这片土地时，毛利人是抵抗入侵、强占土地的顽敌。直到这两个死敌种族签署了

胸前挂着巨大毛利雕刻的毛利夫妻

彪悍的毛利男性

《怀唐伊条约》（Treaty of Waitangi），要彼此和平生活在这块土地上。之后在一战二战中，新西兰原住民毛利人和新西兰白人一起为英国和盟国打仗而牺牲的人不少。在这个特殊日子里，今天的新西兰人记得战争的残酷，他们在纪念过去死难的生命。

停了车，无声走近这群静穆纪念的活动人群，按下快门时觉得相机的声音大得刺耳。我注意到有位没在队列里站立，胸前挂满勋章的老兵斜靠在他自己的车前，我用眼神和手势向他恳求，他稍微直立身体默许我拍了他。

游行开始，大部分居民跟随在十来位老兵的队伍后面一起游走在小镇公路上。三个半大毛利男孩坐在小桥栏上与一毛利妇女看游行队伍从他们面前走过，顺便也看追拍照片的我。夕阳的光从他们背后斜拢过来，很美很温暖，连拍好几张照片，再上车继续往前开。

前行半小时左右，要经过另一个稍大规模的小镇，镇上有新西兰北岛最大的屠宰工厂，小镇的成年居民差不多都是这家工厂的工人。

小镇公路上也有游行。不过不是为战争纪念日游行，而是屠宰场工人们在举行罢工抗议。这些工人要求工厂提高工资的谈判破裂了，那就上街游行吧。游行规模不小，男女老少基本上全是毛利人的队伍，浩浩荡荡好大一群，举着标语牌、打着彩旗，慢条斯理在公路走着，前面还有警车为他们开道。来往路过的车辆把自己的车窗摇下，车上的人把胳臂伸出窗外握紧拳头，再使劲按几声喇叭，笑嘻嘻地以示对游行者的声援。

附言 POSTSCRIPT

那次出行是以新西兰为起点，不知为什么，起头拍的那些照片全部丢失了。可能是转存电脑清理相机储存卡的时候按错了按钮，电脑和相机里最后通通空白，毛利老兵和毛利男孩的那组照片更让我感到遗憾。

我常犯类似错误，几十年来丢失过不知多少有意思的东西。

但未必完全失去了一切，我可以写下来以另一种方式还原我的感受，脑子里那些画面仍在，我试图描述解读我所见，犹如解读自己走过的路。

四天三夜野游记

①

南半球的新年是夏季，是最好的旅游季节。

不愿做痴呆游客被旅游车拖着蜻蜓点水地看景，更不愿听导游喋喋不休无聊地解说。那年新年的第二天，我们到新西兰南岛中西海岸的国家公园附近，打算到野山中去自我折磨几天——野营走路。

飞进国家公园，俯瞰冰河激流水

②

面对国家公园管理处墙上那张巨大的公园图，最先的打算是走那条有1600米高度的西伯利亚峡谷，上下难度较大，全程用时很长。我平时锻炼强度不够，体力有限，很可能走不下来。几次变更想法，最后选择了一条比较温和的路线，那就是：头一天由直升机带我们飞进700米高的山谷，虽然山下营地有路可以走到，但行程得花费七八个小时，直升飞机仅用半小时。我们这次时间有限，值得节省这七八个小时。

直升机短暂停泊放下我们，接着就是自己行动了。

当日下午到达特意为旅人而建的小屋，我们把随身大背包留在这里，再到附近短程行走，当晚留宿小屋；第二天开始爬山涉水，那段山路中无小屋可借用，必须露营一晚；第三天继续行走，一直走到峡谷尾端，到两河交汇处的小屋住一夜；第四天下午三点准时赶到河边野码头，乘快艇回到山下营地的附近河岸，野营

直升机带着我们降落在山谷里

结束。

预计这趟行程每天翻山涉水约四到六小时，估计我当时的体力能够应付下来。

决定了线路，就去不远处的私人直升飞机公司订好机位和回程快艇的时间，时间衔接一条龙贯穿。最后去国家公园管理处填表登记，留下我们的进山线路计划、每日具体的歇息地点等信息。按规定借用国家公园里的小屋过夜需缴费，以人头算，一夜 15 块纽币（约合人民币 73 元）；在国家公园内野营则不用缴纳任何费用。

从英国回来度假的查尔斯是伊恩的哥哥，他将带上他儿子和我们两个儿子一起，四个男人走西伯利亚山谷那条远线。查尔斯是位经验老到的旅行者，我们照他携带的野营物品依样画葫芦，整理好四天三夜的食物和必需品，小心行装不要超重。

我的背包比伊恩稍小但相机不轻，不久前在台湾参加世界女作协活动后，老友雅姿陪我颇费周折地买到了相机用雨披，就是为这次野营用，又另买了相机的防水袋。国家公园里无电力电源，还需要带上四个充足电的相机电池。这堆相机物件很重但非带不可，我对拍照疯魔。

国家公园地理位置近南极，山高多寒，即使是夏天天气也变化无常，一天中风雨雪四季温差都可能出现，要防晒防雨防冻；每人还需带足够的食物，加上睡袋衣物帐篷和煮食用具，我的背包至少有 10 至 12 公斤的分量。四天里不能指望谁帮我，

国家公园里的小木屋

伊恩的背包比我重起码一半以上，大部分食物、帐篷炊具都在他的背包里。

③

那天中午阳光淡淡，我们两人被塞进直升飞机的后座，背包挤在双腿间无法转身。戴上耳机后轰鸣的直升飞机噪声才小下来。

盘旋倾斜中看到机腹下忽宽忽窄的淡蓝淡灰色河流，蚕豆大小的两艘快艇正在疾驶，溅起两道鸟翼似的白浪。直升飞机爬高的速度不算快还能勉强拍照，可角度逼窄，紧抵着机窗拍，

1|2
3|4

1. 这是指环王里才有的自然景色

2. 随身带的小天然气炉，烧水煮食全靠它

3. 三角形标志着小道的朝向，森林小道常常不可辨认

4. 丰富的晚餐

磕磕碰碰震动蛮大。大山之河蜿蜒汹涌，想起金沙江的泼野流法，看得人惊喜目不暇接。

拍照显得时间过得飞快，转眼直升机卷起沙尘轰轰升空去，留下我们在河谷石滩上。没多久，水流声就为主要音源了。

这野树林寂静，山顶上厚厚的冰川不动声色横陈着，一线或几线瀑布由冰川尽头沿峭壁画出，远远无声地流挂。滚滚雪河水的源头不可目测。我们四望惊叹几声，背起包跟着那橘红标杆走去。国家公园内比较平坦的地方有标杆指路，大树上钉的橘红色三角形尖头指着该去的方向。

山间小屋已有人先达，十张上下铺位被占去半数，但人不在场。

把睡袋拉出扔到厚厚的空床垫上，坐下吃了点干粮，出门乱走活动一下腿脚。

没想到这个国家公园里仍保留小片私家牧场。铁丝围栏边的水草地越来越宽，干草地越来越少，在溪流上跳来跃去多次后，觉得还是该省点体力明天用，便往回走。过幽暗树林，突然瞥见一幅小小的绝妙画面：

紫红的屋顶，城堡，恍惚还有一半身人形？

惊呼怎么会有人跑到树林里来画幅画？伊恩仔细一看，转脸讥笑我的眼睛，那是棵倒了的树桩，我看到的各种色彩来自树皮树心和树干上的青苔！造型显然就是我的联想了。哈哈，我的视力真是差。

今晚小屋里有三男一女捷克人，两位新西兰独行者，再加上我们俩人，最后还空着两张铺位。

拿出两袋方便面配四川榨菜，切几片新西兰香肠、大黄瓜，晚餐够丰富的。九点多，天就渐黑下来，各人钻进睡袋，陌生人头脚相依，雨夜里鼾声四起。

一大早离开小屋时天光尚早，走上峡谷草甸，四周景色很美很有诗意，草地上弯曲的小路，被人踩出仅一脚掌的宽度。草路干湿不定，这要看附近是否有溪流横过。早有心理准备会在水中行走，但真一脚踩进雪水，咕唧——皮靴里的凉水直冷到后脑门。反正鞋已经湿了，就挑干净水路踩踏过去，也不用那么低头看路了，东张西望只顾看四周的风景。

昨日清晰可见的山顶冰川已被云雾遮盖，小雨中，前后左右的山体上静静地升起极柔和的白雾，飘浮不定地把玩群山，或隐或现。沿路的自然景色，抬首低首皆是画面，语言苍白竟无字去形容。

雨中是不能把相机挂在脖子上的，野山行走安全第一，何况相机娇贵，我可以被雨水湿透，但它不行。再好看的风景都只好匆匆取出相机拍几张，再急忙收进防水袋，不敢大意。

随后爬的那座山却把我吓坏了。

那山本身并不高，仅 120 米的直线距离，耸立在峡谷草甸子之间，满山青绿的树木少有人迹。从国家公园管理处拿到的地图上说，晴天雪河水位低时，旅人可从河滩边短线穿插到山后面的草甸去。雨渐大，河流咆哮得像个疯汉，惹不起它，我们翻山去草甸是唯一的选择。

山不高但陡，至少有 70 度。所谓山路，不过是树根间天然的或被旅人偶尔踩踏出的浅洼，露出地表的树根湿漉溜滑，断枝落叶沾塌的地方根本站不稳。每下一脚，要狠狠踩实了才敢把身体交付给这路，我是手脚并用加登山杖地爬，胆战心惊总觉得自己头晕脚滑。爬这样的山有任何失误都是大灾难，人摔下山互救很难，更找不到援助者。小屋里的人一早就各自东西

没了踪影，我们走了几小时，路上连一只鸟都没遇到。爬这山，死的心都有了，但不想这样摔下去。

全身每条肌肉都纠结紧张起来，特别小心地攀爬，最后成功登上山顶。爬山爬得惊恐，美景却也没少见，只是后悔没能多拍一些照片。

这是座被青苔包裹的森林世界，死树活树统统被青苔厚厚地包裹，电影《指环王》中可以看见大量此类景色。看电影时以为这些镜头是现代电脑技术，爬上这座小山才发现是实景，真实迷人得让人不敢相信。

阴天的森林幽暗却不压抑，青苔绿树水珠欲坠的梦幻空灵。登山杖一磕绊就会撕开厚青苔的一角，树桩本色的显露反倒与这森林不协调了。高寒地带需要多少光阴雨露，才能润出茫茫如海般的森林景色来？

奇异植物，像海里的珊瑚

下山依然紧张害怕，毫不输上山的心境，走上大片越来越湿的峡谷草地时，终于大松一口气。河水在不远处咆哮，荒草齐腰深，勉强能辨别出人或动物走过荒草的痕迹。草滩上的暗溪水洼到处都是，不见指路标杆，会不会是因为这一带溪流泛滥，标杆被大水冲走?

好在新西兰地图标识信息非常精细准确，方向对，就不大可能迷路。

从阔大的草滩上过浅河溪流，随着小路走，不时见到蹄类动物的粪便和蹄痕，偶尔还能看到一大片草被压平，似有庞大动物在这过夜。公园管理处的人说这一带有野山羊和麋鹿出没，猎季时，猎人们开着直升飞机来猎杀它们。一路注意观察，却没见到活物身影。

山崖脚下有地势稍高的地方和大树，费好大劲走到树下发现还隐蔽着一间上了锁的小屋，标牌说明那是为国家公园管理人设的落脚处。透过玻璃窗看得见屋里有两张上下铺，一幅好久没人光顾的样子。

在大树下煮食，切几片香肠、黄瓜跟韩国方便面一锅煮，走路辛苦，有点肉食和新鲜蔬菜下肚，体温立刻回升。再喝一杯特意带的雀巢咖啡，简单饭吃得也很快乐。四天的食物很沉，每消化一顿背包就轻松一点。吃完饭把垃圾收起来塞回背包，国家公园里是没有垃圾箱的。

仔细看地图，当雨水山泉水流过这片斜坡地就会造成草甸下暗溪如乱发，难怪走上来时那么艰难。地图上标明沿河一带行走比较安全，走过草甸顺河岸边继续前行。雨忽大忽小，皮靴和裤子湿漉漉的不大好受。

溪流水急处，激起汹汹浪花的水下大石反而是旅人可信赖的依靠，走走就知道貌似平静的水面其实更危险，水深不可测。用登山杖探水，别住大石支撑，稳住负重的身体，激流中站稳了才不会滑脚被水卷走。

不由得想起在国内去峨眉山、青城山时，游人总是随手砍下山路两边的树枝、硬杆、藤条当临时手杖用，下了山随便抛弃路边。中国树林这几十年来越来越少，环保意识跟不上。我手上的这种高强度铝合金登山杖轻便结实，全是中国生产制造，买一根能用十几年呢，为什么不给树留条活路？

走到下午五点左右走不动时，要在河边草滩搭帐篷过夜，选好地址就动手。天快黑下来了。帐篷搭在高出河谷离河岸较远的山坡巨石旁，飞快搭好帐篷去河边取水，才意识到南岛大自然中最可恶的小生物是沙蝇。大石旁的草深处是它们的集结地，芝麻大小的吸血鬼沙蝇，发现我停止移动就成群飞来，重重落在我裸露的皮肤上，沙蝇凶悍，可不像蚊子那般斯文的叮法，它们是张嘴狠咬一口，咬得我惊跳起来。我还对它的毒素过敏，痛痒中抓一下，核桃那么大的包就鼓起来。

看来搬到河边搭帐篷才是上策，至少风能帮我驱赶沙蝇。

再寻一块高出河岸的平地，拿洪水泛滥时卷起的树枝杂

新西兰南岛原始森林里的寄生树挂，在雨中晶莹剔透

物垫在这块平地斜岸之下，只要不是洪水来，帐篷搭在这里该是安全的。新买的帐篷设计巧亦轻，两人各手提一角，就可以整体从远处半坡上移过来，逐一钉好四角固定。放睡袋衣物到帐篷里，背包藏在帐篷外层雨盖下，脱下一路叽咕水响的皮靴袜子，小腿和脚已经被水泡得惨白，无一丝血色了。沙蝇不依不饶跟过来，赶紧放下长裤腿穿上湿袜子，跑下河边洗净满脸的汗水雨水，灌满一壶峡谷里的净水。一路上我们从山间溪流直接装水，不烧开就倒进嘴里，品不出一丝异味。快煮晚餐分食后，两人钻进帐篷拉好防蚊门拉链，拉直身体休息。

眼怔怔睡不着，晚上没月亮，九点的帐篷也还明亮着。只

雨中花

听得见河流的气势，动静很大。

半夜突然醒来，雨点敲打帐篷。睡过去又再醒几次，有点担心会不会有山洪来，细听河流水，声势节奏未变。

雨下了一夜，犹豫半天要不要收拾好帐篷离开越来越不安全的河岸？人在小帐篷里听雨无比寂寞，峡谷里没了所有生命的动静，雨声河流声，奏出魔咒曲，把我们钉在小帐篷里动弹不得。在帐篷里躺着熬到中午也没见人影，也没有手机信号，还没有收音机报告天气，这雨到底还要下多久心里没数。我们可以选择留在原地再露营一晚，明天直接奔河边野码头登船。不过那样时间会很紧张，万一途中出点故障就麻烦大了。于是决定离开，迅速把帐篷炊具收好，去河边洗手时发现，被我当作水文标志的那簇野草，已被涨起的河水淹没大半，一夜，水位升高了近二十厘米。

④

走到河岸路段上，一只假装负伤的母鸭子扑腾飞起，拼命把我的视线从河中的浅岛草丛中引开，它哪里知道我根本不可能涉水去到那河中浅岛，尽管我真的好奇，想走近去看看它藏了几只鸭蛋或小野鸭。伊恩看我蠢蠢欲动，坚决制止。

两只羽毛黑白相间的大鸟，从河对岸远远掠过，看不清是不是喜鹊。雨中很多小蝴蝶在迷离荒草中飞飞停停，蝴蝶比胡豆大不了多少。

苍茫山水中遇到一对英国背包客，我们在雨中停下聊天，像老熟人般互相交换点情报，哪里可以搭帐篷，哪里的路不好走等等。退开几步拍这三个交谈的人，错开交汇点后我们将终生不再相遇。

头半天淡淡的阳光行，第二天的小雨雨中行，都不如第三天雨中行艰苦。全身湿透不说，还在半小时内趟过不下十次溪流，连夜雨把所有溪流的尺寸都放大了好几倍，满山遍野到处是流水，山林小路差不多全被水覆盖了。地上水都这么多，山上的瀑布自然就多，多到难以想象的地步，每绕过一座山，林间同时挂五六条大小瀑布不足为奇，瀑布落下的地方就成了绕不开的大河流口。没有路了只能趟河过，水深及大腿根，汹涌的激流一再出现，我都不知道我们是怎么平安渡河的。

走到傍晚再遇一人，这位打扮得像是去参加午餐般的小伙，干净得体的红色短袖衫塞在他褐色短裤里，他背上有只极小的背包，皮靴干净无泥水，刚从家里走出来的人才会这么利索。

他眼中的我们，一定是浑身上下狼狈不堪的样子。

我们跟他说刚经过的凶险的溪流情况，他很开心地连说酷！哈？

他带给我们的好消息是再走 45 分钟，就能看到两河交界岸边的小屋了，小屋里已有一家四口在那过夜，是很可爱的一家人。他还说，路上趟过一条不算太大的溪流就到了。说完就轻快地消失在我们身后，而我们足足花了一个半小时才走到两河交汇的山谷小屋，路上趟过溪流不下三大条。

小屋里果然有对父母和他们两个可爱的十来岁的儿子，小屋炉火烧得旺，他们在烘烤湿衣裤、鞋袜，烟尘里充满了淡淡的湿木气息。这一家子已经在国家公园里野营行走一周了，他们还要继续再走七天假期才结束。

那对父母笑说我们最后路遇的小伙子是个虔诚的基督徒，也是资深旅行者，他独自从西伯利亚峡谷轻松地走过来，兜一大圈，再从我们的来路出山去。他背的背包和野营物品全是他自己亲手制作的。天啊！量体裁衣也不会那么轻便合用了。

这是我们在国家公园野营的最后一夜，睡在小屋里睡得格外稳。

第二天早晨醒来，那家人已经离开小屋。留言簿上读到他们告知公园管理人的留言，说在屋外发现了黄鼠狼的身影及奔跑线路，建议安装夹子去捕捉。他们还留下一大口袋食物在厨房一角，上面有张小纸条说数天后会返回这间小屋，那是他们的口粮。

小木屋已经有二十六岁了，结构简单，屋内整洁，旅人用着很舒服。使用小木屋的规则贴在墙上：不能在野外点燃明火、离开小屋时要将炉里柴炭放进可密封的铁罐子、请大家保持小屋干净等等文字。

捡净我们的垃圾纸片；洗净擦干碗盘刀叉、水槽桌子；灭掉炉火；关好门窗，我们也离开了。

下午阳光灿烂，换上干净衣袜登上快艇，从水路回程。

四天三夜的野游转眼就结束了，一路上那么艰难又那么有意思，不敢相信没摔下陡山、没被激流冲走、没出事故，一路平安。我甚至还没少拍照片，相机也没被水弄坏。在疯狂刺激突奔的快艇上，想起昨夜听到的山顶冰川塌下的巨响声，已经开始怀念那过去几天单纯到极致的日子了。四天三夜完全忘记尘世的烦扰喧嚣，一心一意的走路看山观景。累也开心着。

伊恩说，等我们很老很老，老得走不动时再花钱坐游轮吧，用那么多时间花那么多钱在船上睡觉打牌、川流不息地吃，真是不值。

终年不化的雪山

我赞同，真心说我们应该找时间再回来，再好好野营爬山，走几天路。

新西兰南岛国家公园的全名是：Mount Aspiring National Park，离南岛著名的瓦努卡湖不远。

附言 POSTSCRIPT

严格说我早已是新西兰公民，非外来游客，在新西兰荒野里游荡怎么都算不上生人。

可换个角度想，即使是新西兰这样的小国家，不曾到过的地方也极多，特别是面对的是自然，未知世界。走入山野里那刻，我感觉到自己的渺小，在大自然中人卑微弱小到极点。这几天还原出极单纯的本性，只在意生命，关注温饱，以获取生存、行动的基本能量。

那次野行还有另一缘由很少对人说起过，是很私人的因素。

从大学毕业就在新西兰、澳大利亚能源公司工作几十年的伊恩，日常工作压力极大，为公司加班加点忙到深夜是常事。在我们共同生活的日子中，他六点准时下班或者提前下班的记忆没有超过三次，其中还有一次是因为停电。

西方能源公司运作时，通常有好几家伙伴公司合作，合作者多半是外国公司，利益冲突自然无法避免。公司间要沟通谈判、权衡利弊，要说服对方，需要很专业的数据文字报告，还有很多的会要开，很多的邮件要写要读。作为公司高级职员其实劳心又劳体。西方国家的公司也有办公室政治，碰上专业 CEO 最佳，要是不巧遇到爱弄权爱私利的公司头儿，员工忙累中还要掺杂更多烦恼。工作压力总没减轻的时候，好头儿差头儿换来换去，人就这么被折腾着老去。

看到伊恩累得眼都发直，筋疲力尽时，真是需要假期了。

决定去新西兰南岛野营，是希望他彻底忘掉公司事务，在山野自然中找回人该有的本初精神。那次进山时，伊恩神情恍惚，还在烦人的公司事务里不能自拔，四天三夜的行走野营后，他整个人脱了层皮般的放松了许多。

现在回想，两个人能在远离现代文明的大自然中相互关照，分担种种意外危险，分享最单纯的快乐是福气，这四天三夜大概算得上我们生活的浓缩，一起走过的感觉真好。

海边

2 +3 +4 +5 +6 +7 +8 +9 +10 +11

澳大利亚

Australia

+2 +3 +4 +5 +6 +7 +8 +9 +10 +11

去尼尔森看鸟

周末兴起，开车出悉尼去澳大利亚北方的海湾小镇尼尔森，不远不近三小时的距离。那是个旅游小镇，游客蜂拥的旺季还没到来，临时去玩是能找到住处的，我们打算就住一个晚上。

尼尔森海湾这个地名太熟悉了，虽然好多次都“过门”而没入。

突然说要去那里住一晚玩两天是很随意率性的安排，甚至事先没做一点查询，上车后才看地图，到了小镇才去游客中心，咨询有什么地方可以住人。

游客中心的人在电脑上查找一番，建议去一家在海湾边上的酒店，说那里有客房空着，又正好是特价期间还提供早餐。

220 澳元（约合人民币 1137 元）一晚居然是特价？典型的旅游价格，一点也不便宜。不过不想花很多时间去找住宿，在游客中心就定好了酒店。到酒店才发现定的是个套间，可惜没朋友跟着我们一起出来玩，另一间房就浪费了。

开车去到前面的海湾，外地游客来尼尔森，大约都会先来

尼尔森城码头灯罩上的大鹈鹕

这个码头转悠一阵，再随便走进码头上的餐馆酒吧吃喝，出来坐在木板码头上看海水里的鱼，很多的鱼，小鱼大鱼成群窜来梭去，反光的水面弱化了它们晃荡的身影。

突见一群小鱼集体往一个方向射去，纳闷它们又没有语言，如何如训练有术的士兵？然后见一鱼鹰从水底冒出水面，嘴上无任何建树，又一个猛子扎入海水去继续追赶逃窜的鱼儿们。手和相机永远不如这些生命运动的速度快，不如自己眼神快，试图捕捉的镜头总是慢一秒两秒。

码头一带是禁渔区域，水下鱼儿特别多，男女老少很多人在岸边坐着静看，观鱼的人都像儿童那样单纯天真。

在海边用水草
钓黑鱼的男孩

一些渔船就靠在海湾前，还有几十艘私家游艇也在水上停泊，船的主人从专门的栈桥上进出，铝合金门啪啦的撞击声提醒着游客，这是私人禁区。

起身往远处防波堤走去，那里有家鱼店我要去看看。

走出悉尼这样的大城市，鲜鱼店就成了稀罕物。这里本是鲍鱼出产地，尼尔森却没有一家店卖鲍鱼，据说捕捞上来的鲍鱼都运到日本和中国去了。

防波堤上的钓鱼人从自带的桶里舀出一大勺什么东西使劲抛洒进海面，鱼线钓饵随即抛去。走过去打听是什么特别的饵食，得到的答复令人哑然失笑，居然是沙子！撒落入水中的沙子震出音波，傻鱼好奇聚过来看看时不小心就上钩了。

一男孩钓起条黑鱼来，从钩上取下就用刀放血，还说这种鱼不放血不好吃。再问拿什么做钓饵？男孩递给我一小片这海里偶尔可见的绿紫菜，黑鱼就爱这口，一小片绿紫菜就能勾引素食者上钩。然后，就看见鹈鹕在这片海域里巡游、起飞、降落，像只只巨大的肥鹅，翅膀扑哧扑哧扇动，从人脑后掠过，飞向海面，御风盘旋，停在路灯高杆船的顶上。

记起问询处的人说过，这里的鸟儿很多，到处都是，不用专门去什么地方找的。

海湾里的游弋鹈鹕在等渔船上抛下的食物残渣，虽然它们不乏自己捕鱼的能力。海湾里的禁渔区只对钓鱼者生效，鹈鹕要想捕鱼的话，随便，谁也无权干涉它们。

在海水里漂游够了，鹈鹕突然起飞在天上绕它几大圈，然后缓缓歇息在防波堤的路灯罩上，梳理羽毛，晾干翅膀，高高在上地俯视人世间。所有路灯罩都被鹈鹕的厚重粪便涂成灰白，彻底失去了本来颜色。

澳大利亚鹈鹕没一个苗条纤细的，个个体大赛鹅，肥咚咚的，没多少澳大利亚鸟能超过它们的体重。估计市政府设计路灯时已充分考虑到鹈鹕的习性，灯杆灯罩全用结实材料打造。这些路灯要照明还要承受鹈鹕的体重，必须钢筋铁骨。

很爱看这种大鸟，拍它们飞翔的姿态，飞翔如梦的神情。它们的翅膀宽大善借风力，滑翔动作不可思议的美，在夕阳下，一圈圈的兜风成剪影。

我们到达尼尔森湾已过下午五点，阳光仍好，微风。

在夜幕降临后要赶快沉入梦中，明天要早起去看鸟，拍更

山丘森林中的老炮台导游图

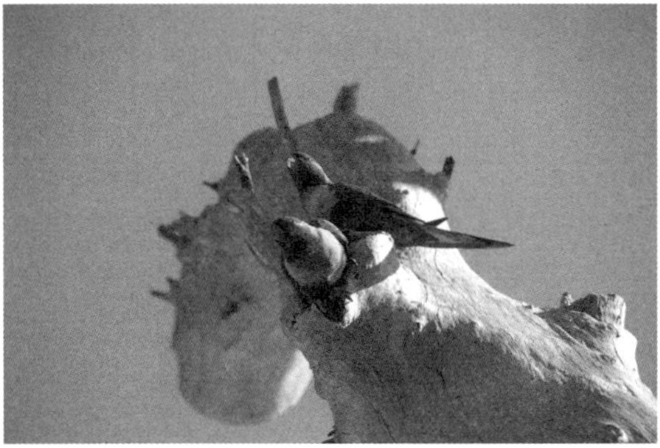

在枯树洞中安家的彩虹鹦鹉夫妻

多的鸟。自知喜欢睡懒觉，特别是外出度假，更不愿把自己闹得紧张辛苦。但就在眼下，倦鸟归林满耳是群鸟鸣声，归家的快活，打打闹闹喧哗着提醒我明天爬山去拍鸟，去一边是海湾一边是大洋的半岛山顶。

小镇的夜晚和清晨，是听不到飞机低空飞过的噪声。纯净的黑夜与黎明交替，直到一线阳光透进窗帘。隔窗望，海面温暖怡然，那些私家游艇像停在果冻上，微微摇晃。

水中鹈鹕

饭店提供的早餐很丰富，使劲吃了一大盘，自解是因为要爬山走路，少吃了没力气。

赶快收拾背包出门，沿海岸往那半岛上行去。

刚走几百米，一只站在电线上的粉红的澳大利亚格拉鸟从我前方箭一样地飙过，我想它是听到了茂密树林中的叽喳鸟声。停下想拍它没来得及，转眼就不见影了。

路边上恰好有两颗巨大的已经枯死的桉树，细小枝干都被人锯掉了，仅留下弯曲粗大的树身。还没来得及细想，两只彩虹鹦鹉飞来，抓站在树桩高处，高声鸟语交谈，说着说着一只鸟就不见了。几秒钟后它又再冒出来，另一只鸟突然也消失了，然后，两只鸟一起冒出来。

树很高很高，看不到树桩顶上到底是怎么回事。用变焦镜头拉近了看，原来是不会造窝的彩虹鹦鹉利用树身天然枯洞，在树洞里面安家呢！

现在正是春天，肯定有鸟蛋在里面的，树洞很高很安全。

这对鸟夫妻，羽毛发亮长得很漂亮。

飞来的另一只鸟远望去有点像虎皮鹦鹉，身上的绿色斑点与彩虹鹦鹉很不一样。可惜手上这台相机前不久摔过一次，抓拍得很勉强。

走走停停地拍鸟，是旁人看来没意思的事，我自得其乐，乐此不疲。

快到山顶视线开阔，右边的海湾碧绿，走到左边，因水面角度不同，海水颜色变化多端。

没有树荫的小路，阳光就很凶悍，典型的澳大利亚毒日，晒得人头晕。矮灌木丛有时比人还矮，人在其中盼着赶快走进高树林的念头强烈，叹口气，拧开水瓶盖子猛灌一大口水。爬上小山顶。

走到尼尔森半岛山丘上，面对大洋。这山顶，满目的澳大利亚桉树和灌木丛，一望无际的大海在阳光下蓝得爽朗，本地人和外地游客来爬山锻炼身体看看风景，看多了没什么特别感受就要下去。

中午时分山顶阳光猛烈，海如亮镜，亮闪闪的刺眼。林中有只两三尺长的大蜥蜴在快速爬动，假如它停止移动，人根本看不清它在哪里，那皮肤颜色、花纹和澳大利亚的树林草木色彩混为一谈，完美的天然伪装。

满头大汗的我就想原路下山，到半山三岔口时，我知道那条宽的山道平缓，同行的人说那边还有可看的东西，我心不在焉听岔了，听成是去看澳大利亚什么特别的桉树林。

桉树有什么特别吗?

朋友眼睛一瞪：“谁说是桉树，是大炮！山路那头上有介绍的，得去看看。”

其实不管是桉树还是大炮我都有兴趣，只希望一路上树荫多点最好。

小路转过去走到尽头，第一座炮台就在那里了。半环形塔沿下的掩体里，左右有水泥高台，估计当年是放地图或弹药用的。炮台深处还有道铁门紧锁，里面一定是通往山体深处军事设施掩体的地道。我在新西兰参观过类似设施，但开放给公众的不多。

这地面上的水泥平台也只剩下大炮座基,没别的遗留物了。想当年，日本人和德国人要来侵犯澳大利亚的话，是从这座大炮前方的海域入侵。为防范这种可能，尼尔森地区过去有个不小的军用机场，加上半山炮台可以从水陆空三方控制防范。如今山体上的灌木树林茂密，早把大炮原有的视线遮阻了。

拍了些照片再往前走，地图上标明前面还有一座炮台。打算去看了就下山回悉尼。

这山野里到处干干净净的，像是有人在日日关照。

第二座炮台与前面的那座完全是双胞胎，同样的造型，同样的空荡。

我那双总能迅速发现异常的眼睛，一眼就看到老炮台掩体

老炮台瞄准器上的卡尔汪鸟巢

上面的那个檐上，那存留着四根三角铁焊接成的漏斗形支撑架。支撑架应该是放测望镜之类的物品架子。两座炮台遗址上方都有这样的架子，前面的那个残破风化得更厉害。

轻手轻脚尽量不要在碎石路上踩出很大动静，举着相机我要拍照：

这铁锈斑斑的支架被一只澳大利亚土生大鸟——黑羽黄眼圈的卡尔汪鸟做成巢了。在半空里悬着的这四棱支架底端的平台上，卡尔汪鸟用无数的细干枝垒成了厚厚的窝，躺在里面安静地孵蛋呢。

它盯我一眼，转头张大嘴。天太热，阳光斜射过来落在它的黑羽衣上。这准父母看见我也不飞不惊不起身，专心孵蛋，它只是在窝里稍微调换一下身体的角度，想必为了不让太阳烤焦了它和它的鸟蛋吧。

左右转着拍几张，再费力爬上掩体高台上去拍，站高一点想拍它肚子下的鸟蛋，要是它的伴侣飞回来替换就

海天浑然一色

更理想了。

可惜我人还是太矮，也等不了太久，在高台上逗留二十来分钟不见替换鸟的动静，下地来一步几回头地离开，让大鸟卡尔汪安静地完成它的天职吧。

傍晚就回到悉尼的家里。

开瓶红酒慰劳自己，那夜的梦里，卡尔汪鸟在老炮台支撑架上安然不动的身影，跟那群鹈鹕大鸟儿飘忽飞过的画面融为一体。

附言 POSTSCRIPT

澳大利亚总是被人笑话为没有什么历史的国家，要不就被人有据但恶意称为英国罪犯们的流放之地。澳大利亚这个不过两百多岁的英联邦国家，确实无法跟深厚历史的欧洲诸国相比。至于流放罪犯的说法，也让我为之抱不平。当年的英国有着“苛法”，偷一块面包，嫖客完事不付钱，小偷小摸也要被流放的年代实在是恐怖。

夏透帕斯峡谷的滑雪客

①

全家去新南威尔士州与维多利亚州交界处的峡谷滑雪，这是我们第二次去那里滑雪度假。

从悉尼到夏透帕斯峡谷 550 公里，开车需要 6 到 7 个小时。我们打算滑雪一周，要痛快滑个够。

在澳大利亚这样一年四季貌似干旱炎热的地方，也有雪山和滑雪场。夏透帕斯峡谷是藏在澳大利亚国家公园里的著名滑雪胜地，有大小滑雪场十多个，冬季到来，滑雪爱好者们就天南地北聚集于此。短的半天一天的专程来玩玩雪，长的十天半月住下慢慢滑。

所有滑雪场附近有各种大小饭店小屋可供居住，但需提前预订，滑雪高峰季时，临时很难找到合适居住地的。我们提前半年就订好饭店房间和时间，滑雪季的开始恰好是澳大利亚学校假期的头一周，两周假期里饭店通常爆满。

澳大利亚的天气晴朗如歌，就像小时唱的歌在说“解放区

滑雪客停车处

的天是晴朗的天”，要知道澳大利亚天高气爽是这国家的寻常天色。

一路上两人换着开车，离开方向盘我就拍照。沿途好景色多，只可惜一闪而过难得抓拍。

虽在假期时间，公路上来往车辆亦少，通往首都堪培拉的高速公路和附近的山区小公路，路况都很不错。

我们要去的夏透帕斯滑雪场，是这大雪山地理位置最深的一家私人经营的滑雪场。

峡谷里有十五座大小饭店，最大的旅店能容下百人，小的可住十家人，全部容量在四百多名。滑雪场的工作人员有单独的住地。

与前面其他滑雪场的最大不同之处在于，这座不大的滑雪场是全封闭的，私家车辆均不能开进去，大雪覆盖的路况复杂。

天蓝雪静

打雪仗

开自己车辆前来滑雪的人，需把车停在山下的露天停车场，转乘列车上山，去滑雪大站帕尔谢布鲁下车出站，夏透帕斯滑雪场的专门雪地车就在车站外一趟趟把客人逐一送到饭店去。

专用列车到达帕尔谢布鲁车站后，多数人会在车站大厅的快餐店咖啡店里吃点喝点，然后再出站去滑雪，或等待雪地车来接，去夏透帕斯滑雪场。站内所有食物饮料都贵得离谱，但无选择只好任人宰割。滑雪的人也可以从山外自带各种喜欢的食物饮料，但转乘雪地车时有行李限制，每人只能带一个大包。滑雪用具体积大，还要带够保暖换洗衣物，实在是不能多带什么了。玩滑雪本身就奢侈，银子要大把流出去是正常事，起码在这个期间是这样。

车站里要投 4 澳币才能取出一辆行李小推车来，令每个行李沉重的滑雪人心烦，行李车好用但用的时间很短，这钱花得有点不甘。人就转来转去找别人用过不再用的，又还没被站台人员搜走的行李车。为什么不把费用降低一半？行李小推车被长串地锁住，他们不懂薄利多用也能赚钱啊？

车站内人真多，好几次跑到站外去等，天阴冷，小雨夹雪带风，人在露天站一会儿就被冻僵。来接我们的白色雪地车迟迟未到，也没有更进一步的消息，让我们一大群要去夏透帕斯峡谷的滑雪客足足多等了一个半小时。

直到天变了色突然有了黄昏感的时候，我们的雪地车才慢吞吞开来。上车后才知道，滑雪场原有的三辆载客雪地车坏了一辆，两辆雪地车紧赶慢赶，也无法及时把滑雪客们转送到滑雪场去，这种履带雪地车里，每次最多能装十个人。

渐晚的天暗得很快，雪地阴郁，路面上湿漉漉的滑溜。按名单大家钻进车肚子里去，我提出要坐在司机旁边，理由是想继续拍照。要求得逞，就一路颠簸往峡谷突进。

②

迷上滑雪，迷上那皑皑白雪让身体彻底放松、刺激的玩法，从此回到放肆疯狂的孩童状态就成为心底不时浮现的隐秘愿望。

我们选择的是由饭店提供住宿外加三餐吃喝的套餐，彻底的不做饭不做家务，一周内除了玩还要被人照顾，何等开心!

对饭店管理者来说，付费的客人是他们的衣食父母也可能是讨厌的刁客。客人会有什么样的待遇？饭店的条件如何？全是未知数，整个假期的感受也会因此完全不同。

前年我们来这峡谷滑雪时，住在峡谷里那间最大的饭店，没想到客人太多，三餐吃饭都要分成好几拨，运气不好编在最后一组客人中，晚餐大概要七点后才轮上。肚子早就呻吟，要知道白天滑雪体力消耗大，傍晚降温了则更需食物来补充热量，心慌意乱的难过。

这次选择了小饭店，只有八间客房。我们去滑雪的那周仅住五家人，有十一位成年人，六七个小孩，吃饭时活像个大家庭的聚餐。客人不多，一顿饭工夫大家就熟了，聊天也很开心。

小饭店由经理斯蒂芬兼作客房侍者，他妻子简娜是饭店御用大厨，此外再无他人参与打理。

这年轻的两口子是我见过的最出色的经营管理者，简娜没请任何人为她在厨房打下手，自己整天泡在厨房里忙碌，晚餐花样天天换新，一周内绝不重复。斯蒂芬白天管理小饭店的所有杂事，就餐时间从厨房到餐厅上下飞跑，端菜送汤，眼观六路耳听八方的周到，照顾全体客人。到最后，所有客人没法子不和斯蒂芬、简娜成为朋友，没办法不欣赏他们夫妻俩。

更难得的，我们这群来自不同地方不同家庭文化背景的客人，口味需求各异。其中一位女士对面粉之类的食品过敏，简娜要为她特别做饭。

另一家五口是素食者，不碰任何肉食，简娜也要为他们特别煮食。那些小屁孩也有不同需求，简娜都事先得到信息一一精心处理。我们住了七天，近二十位客人，食品种类结构也如此麻烦复杂，峡谷又没坐落在大城市中，可用的食品种类实在有限。但顿顿如此关照，厨师简娜没有一声抱怨。

我是个美食爱好者，对所有美食都接纳，顿顿都吃光，还兢兢业业拍下美照。遇到我这样的美食客人，他们也开心得意！

说实话，在家里我从未这般精心做过三餐，总是简单做饭，多快好省地乱做。我跟简娜说，回家后我们都会想念你的！真心话！

西方饮食文化其实也讲食不厌精，在讲究色香味美的同时，现代西方国家对浪费挥霍现象也开始关注起来，食物是越来越讲究“绿色天然”，越来越提倡健康自然。简娜每天为大家做三餐，搭配得非常恰当。感谢澳大利亚的健康食材与自然环境，和简娜烹调的食物，大家都自觉吃多少拿多少，不浪费。

我们这些老老少少的“上帝”一周里吃得舒心，但“上帝”并不骄横，与“侍者和厨师”的关系是平等的。大家饭后自觉把用过的盘子摞到一起，把用过的刀叉放进盛有洗洁精的水桶中。

人皆以人之心待他人，感觉真是舒服。

③

进峡谷那天傍晚，坐在驾驶室里还有个十五岁的女孩，连司机三个人，驾驶室座位不松不紧正好。

坐稳了却发现几乎无法拍照，天晚能见度低，雪路十分颠簸。那我们就聊天好了。女孩是本地人，是去峡谷里看她从悉尼来的小朋友，小朋友的父亲就是滑雪场的老板，小朋友和她妈妈住在悉尼，假期来父亲这边玩滑雪。

女孩有问必答，说话自信又聪明可爱。

女孩说，她的父母离婚了。

我问她：“你几岁开始滑雪的呢？”她的回答让我大惊：“一岁！喔，将近两岁吧，我父母就教我滑雪了！”

很敬仰地看看她那张十分粉嫩青春的脸，我说：“已经有十四年的滑雪经历了！”

她笑眯眯的有小大人似的沉稳，想必她的滑雪技术了得。

运动对很多澳大利亚人来说，几乎是人本能的一部分，如走路跑步，像她，学会走路的同时也就学会了滑雪，多好啊！

滑雪了，排队等候被拉上雪山。

旁边的那位鼻子冻得通红，尽管滑雪镜、帽子还有滑雪衣等掩盖遮挡，还是一眼就看到他脸颊和下巴部分松弛的肌肉和老人斑。我居然开口问这位陌生人：

“不介意问你的年纪吗？我想做个小小的调查，关于来这里滑雪者的年纪。我很好奇，因为在我的国家，人到四五十岁就常常觉得老了，不能参加很多运动了！”

老绅士爽朗一笑说不介意，“我”，他指了自己一下：“七十八岁了。”

他用下巴指点前面的两位滑雪者说，他们是三代人来滑雪，“她是我女儿五十二岁，前面的是我孙女十七岁。”两位女性回头跟我打个招呼，滑雪镜下看不清她们的眼神，不过我知道他们真的没介意我这么唐突提问。

爱滑雪是从这个年纪开始培养

小小滑雪人

后来好几次遇到这位老绅士，他滑得很稳，上到最高的山顶，然后呲溜速滑下山去。

还在火车站等雪地车来接我们时，就注意到一位应该是中国或者亚洲血统的男人，因为他长得很像我的一位帅朋友，脸、个头还有他跟自己儿子说话的神态都神似，就悄悄多看了几眼。

他的两个儿子是混血，瘦瘦小小的两个孩子被一大群不知是朋友还是亲戚，有老有少的白人或土耳其人簇拥着宠爱着。等到雪地车来，我们上的是同一辆车却没在同一座小屋里落脚。

再见到这男人和他那小小的大儿子是第三天早上了，两人一身枣红滑雪服，也在排队等候被拉上山顶。

滑雪者被拉上山其实是技术活，闹不好被拉的人就要被拉翻在地。橡皮筋似的拉杆可以拽但不可以坐，一坐就要跟雪地亲密接触了。初次被拉的人不懂这道理，大多是要难堪几次的。

那男人的儿子很小，最多三四岁的样子，肯定是第一次来滑雪而且没被拉过，什么概念都没有。

男人很耐心地一遍遍教儿子，怎么站，怎么拉住拉杆，等等。儿子也听话，按老子的话空手模仿，样子稚嫩可爱。

可真上拉杆，儿子的滑雪板脚尖打架，一屁股歪了顺势还没坐下就扭身摔了个咕噜转。被冲上去的老爸一把抱起来的孩子号啕大哭，连说不滑了！男人紧抱着儿子劝说无效，孩子怎么都不干了。

滑雪的老绅士

不同年龄的孩子们

小孩子被摔的场面在滑雪场总能看见，小孩子可爱又可怜让父母手足无措。

等我几趟滑下来，咦，这孩子居然上滑雪学校了！孩子在一位教练带领下排队，等候被循环的拉杆拉上山坡去。

年轻教练长得天神般高大，但跟小小孩沟通很有一套，不啰唆不紧张的身体语言很有魅力，易子而教是绝对真理。不知教练对他灌了些什么迷魂汤，小小孩言听计从的居然就自信起

被拉杆拉上雪山的小滑雪者

来。我看得见他的父母、亲戚远远站在高坡上，完全不知他们的孩子会有什么表现。

没想到小小孩就被稳稳拉上山，然后在半山上跟他的小弟弟一起，随教练慢慢学滑、转弯、停止，再继续滑动往山坡下滑来。

皑皑白雪山上，他们俩像两只小红雀，肥嘟嘟的好看极了。

看得我直叹气，我的滑龄真短，才五年。与那位小女孩比，与自己的年纪比，太不成正比了！不过换个角度想，活了好几十岁才开始滑雪，不算晚也不算差，是吧？我小时候没有机会滑雪，没条件参加各种运动，不是我的错。

现在趁我们还不很老，至少不比那位七十八岁还在滑雪的绅士更老，趁我们的骨密度还细密强壮，不至于一碰就散架，多运动多来滑雪，为自己的健康开心，也享受刺激！

④

这家私人滑雪场里规定不能养宠物的，猫啊狗啊这些人类的朋友都不允许豢养。再说滑雪地受季节影响，每年开放时间有限，工作人员忙得四脚朝天，没工夫照顾宠物不说，管理部门担心宠物自己受伤或伤人的事情发生，不让豢养动物的理由正常。

到达滑雪场住进小饭店那天傍晚，就注意到餐厅窗外哆嗦着一只羽毛乱翻的黑乌鸦。

一阵大风突然刮来，险些把站在栏杆上的乌鸦吹翻！

这只乌鸦飞来时，斯蒂芬注意到我饶有兴致地观察，走过来跟我说那是他的宠物！它每年都来，认得我了，我喂养它。

滑雪教练和孩子们

滑雪要先学会的安全刹车姿势

说着就开门到走廊上，指尖夹了一小片香酥煎肉。

乌鸦像螃蟹一样在栏杆上快速移动过来，一张嘴，从斯蒂芬手上叼走了肉。风一直在吹，雪一直在下，时大时小地不断，山峦树木白茫茫一片。

第二天早餐时，窗外有两只乌鸦。有机会这般近距离观察乌鸦让我很兴奋，拍照拍照！

很快就意识到，它们的关系饶有趣味：

那只个头较大的黑鸟，总在原地等待，等待另一只走过来飞过来，它立刻把头深深低下。刚开始我以为是随意的动作，看它重复几次，就体会到该是种礼仪般的，有含义的低头。

那只总在活动飞来走去的黑鸟也有不理会它动作的时候，两鸟就释然地各自左顾右盼，似乎在看有没有食物从天而降的可能。

一旦对视，鸟语就弥漫开来。乌鸦的眼睛很好玩，有漫画效果。

餐厅窗外有钢网做成的走廊，清晨的鸦迹深深，栏杆上的雪如刘海般齐齐一溜，乌鸦站上去抓出些青紫苍痕来，眼睛紧张地朝窗里张望，头偏过去偏过来地看。

早餐吃完了不想立刻去滑雪,就再仔细看窗外的一出出戏。那只总低头的鸟儿简直是在撒娇嘛，它要妈妈爱它给它挠痒吗？两只黑鸟的动作很像猴子们玩的那种抓痒，只是乌鸦不可能用脚去挠痒痒，就用各自的尖嘴吧。

撒娇的这只乌鸦跳换到另一边，一直低头如仪求挠。

“好好，好！哎！这么大的儿子，还这么娇！”

要是它会说话，大概会这样娇啧地说？我心里把它们设想为一对母子，因为只有母子间的关爱会延续很长时间，在这大冬天里的，不大可能是男女之爱吧？

拍够了隔窗的远镜头，把自己盘子里特地留下的一块煎肉拈起，打开门走入风雪中。斯蒂芬的宠物果然横着从栏杆上奔过来从我手中取肉，送到两爪下压住，用嘴撕成几段，飞快吞咽一口。再叼着块肉顺着栏杆向她儿子那边横着移动。那壮大的儿子还不习惯与人这么亲近，怯怯地不肯过来。

乌鸦其实是鸟类中最聪明的一类，忙碌过后的斯蒂芬走出餐厅来看他的宠物，他说当乌鸦拥有过多食物时，它们会找地

斯蒂芬的宠物

方储藏那些多余食物，而且过了很久之后还记得那些隐秘的储藏地点，记忆力惊人。

这几只乌鸦年年都飞来找斯蒂芬要食，它们知道这个饭店的主人关照它们。

乌鸦之间的爱，按人类眼光看有点好笑，不过那是真爱，它们不可能拥抱接吻，它们只能用嘴去挠痒，用它们的方式传达亲情爱情、在风雪中寻找食物，一起分享。这几只乌鸦一代代活下来，活得蛮好。

为什么中国传统认为乌鸦是不祥之兆呢?

两只乌鸦在这片雪景中，恰如一幅完美的水墨画，简约，有生气，充满灵性。

⑤

看山看鸟玩雪对我来说，是寻刺激也是重归自然，把自己置放于天地雪山间，立刻冷静下来，知自己的渺小与微不足道，更要求自己学着谦卑了。

这次滑雪带了两套相机，小索尼相机是可以放在外套兜里的，去滑雪总带着充足了电的它，滑到什么美景就停下来，脱去手套拍照，每次都要绊手绊脚弄半天。这个机器小，取景器显示屏都小，在雪山上看图像很吃力，但拍摄得质量不错。遗憾的是没有更多的选择余地，要滑雪就只能带上它。

尼康D200的像素和功能自然强很多，不滑雪的时候会随时挂在脖子上肩上，出去走路到吃饭时都带着它，拍人拍食物拍一切有意思的东西。那300毫米的定焦镜头也带去了，用的机会不多。一旦用上，照片总是很棒！

滑雪场的缆车通常只允许中午十二点到一点期间，人可以不带滑雪用具坐缆车上山顶拍照。成功说服了滑雪场经理，特许我在自己选择的时间内乘坐缆车到山顶拍照。下午五点前上山去等待夕阳落山，那种景色光线妙不可言。

在山上又意外见到两年前来滑雪时就帮助过我的缆车经理克瑞斯，当时就网开一面的他开雪地摩托两次带我上山，让我

雪中的澳大利亚桉树

在山上转悠几个小时后再接我下山去。就是他开车开得太野，把后座上挂着大相机的我吓得半死。

要没有他们的特许，我是不可能背大相机上山去拍照的。

不过带大相机去雪山上实在危险，去年滑雪时冒险自己背大相机上山，不幸严重摔伤。事后细想，伤过那次不会冒傻再犯同样的错误了，要是再次摔伤，我可能就永远不会再有勇气去滑雪，去雪山里拍照了。

但不滑雪不拍照对我来说是不可能的事，没上到过雪山顶拍下照片的人，哪里记得住生命中有如此美景？

好在摔伤几年后滑雪拍照的勇气仍在，心理障碍不是没有，但只要能重回雪山，再次拍下我热爱的自然风物和那些老老少少滑雪者，我总会再去雪山。

附言 POSTSCRIPT

在老家成都，小时记忆中城市街道上有过两三次的雪，是那种铆足劲才积起的薄雪花层，天亮后几小时就变成一摊脏水。早起的孩子还是会惊喜大叫，唤醒院子里的小孩用冻疮的手去玩一下难得的雪。

在成都，霜冻更常见，无雪但极寒冷的一季季冬天里，我和我的哥哥们，几乎所有认识的孩子们脚上手上都长冻疮，痒痛难受时恨不能用刀子挖去那无数痛点。小时的我难得见一次雪落，以至于下雪后的成都到底是什么样子都想不起来了。

在控制严格的户籍年代，除非有特殊的缘由，南方人才能穿越去到北方见识一下书本上描述过的大雪。绝大部分生活在长江以南的人如我，很可能一生也与大雪无缘。

那个时代的雪，是种奢侈的难以触及的冰美。

佛的菩提花

-1 +0 +1 +2 +3 +4 +5 +6 +7 +8

柬埔寨

Cambodia

-1 +0 +1 +2 +3 +4 +5 +6 +7 +8

索皮娅和汤姆的金边

①

柬埔寨是中国人最为“熟悉”的国度之一。

那双手合十满面笑的西哈努克亲王夫妻，柬式革命服装装扮的波尔布特，在我的中国记忆库中占有一小块空间。

这次终于有机会到柬埔寨，六天自由行动看到的柬埔寨更接地气。见了老友新朋，感受了吴哥文明，晚上我的手机在热闹的大街上被抢……

这是个什么样的国度，有着什么样的百姓大众，我满怀猜想。

②

汤姆和伊恩中学时代就是死党，两人结伴做过他们那个年代男孩多会做的疯狂事，开飞车、飙摩托，一起追女孩子。

汤姆是个极聪敏但不安分的人，喜欢冒险、爱写作，长相英俊，从来就是女友多多的情种，还是那种安定生活几年就心慌的人。我不知什么时候他拿下了法律学位，十几年前从新西兰走到柬埔寨，并以此为中心辗转在南亚、中东等国工作多年。我们已有好多年没见到过他，终于要去柬埔寨，他自然万分高兴要做主人，他说会提前结束他在孟加拉的工作飞回金边等我们。

飞来柬埔寨前我们跟汤姆联系频频，伊妹儿、视频通话不断，但偏偏忘记要他的手机号码。在飞机上意识到犯的错误，还没出金边机场的海关就有预感，汤姆可能没在外面等候我们。

没他手机号码还没有他家地址，太粗心大意。万一汤姆忘事不来接机，我们自己找饭店过夜不成问题，但听说金边有好几万西方浪人在此生活，真要找到不定时上网的汤姆却很难。

隐隐还有点怵这前法国殖民国家，法国与英国殖民行事方法完全是两种规则与结果，拿柬埔寨跟新加坡比恰好就对比强烈。从登机那刻到降落柬埔寨，特别是柬埔寨海关的落地签证办法真不敢恭维。

我们在候机大厅外焦急地等了十几分钟还不见汤姆踪影，无奈地看着简易地图正说要离开，一抬头，远远见汤姆一瘸一拐摇摆的身影，我大叫一声，惊喜庆幸。

两个久别的男人紧紧拥抱，汤姆抱歉说一路堵车，迟到了。

抱过亲过，低头看汤姆的脚，问是怎么回事？

可怜的老汤姆说是两年前乘坐金边土三轮“托克托克”不幸翻了车，导致他左脚掌骨断裂，可金边庸医居然没检查出来。那段时间他在为联合国某组织工作，常在伊拉克出差，跑来跑去几个月勉强混着，可伤势越来越不对劲。在伊拉克他也去见医好几次，但每次都得有几个特种兵护卫下才能出门，战乱国家里正常治伤的可能性比在柬埔寨还低。最后好歹查出病由必须手术，最终飞去新加坡动刀。大约是医治时间太晚，神经或肌腱受损严重，手术后他的脚面依然肿胀，小腿比我胳膊还粗。

医生告诉他，他大概永远不能正常走路了。

汤姆一屁股坐上出租车说，生活在金边，他不需要自己买车。

他指指满街到处的“托克托克”，说叫一辆“托克托克”跟他跑一趟才 1 美元（约合人民币 6.75 元），包租一天也就 15 美元，很便宜，柬埔寨货币和美元在这个国家同时通用。

瞟他一眼，心想经历过那么严重的翻车事故后，这大大咧咧的家伙还是满不在乎地信任这种交通工具？

金边机场离市中心不远，但交通堵得厉害，我们的车大半时间都夹在车流里勉强移动。尤其是到十字路口时，四面八方来的车拥堵成一锅车粥，哪方车头勇挤出一寸空隙，它身后就引领出长串大车小车，外加托克托克和摩托车。车里的汤姆忍

汤姆和索皮娅

不住的英语粗口衬映出金边各路司机的好脾气，挤堵疯狂成这样，居然没人按喇叭也没人摇下车窗破口大骂，没有剐蹭事故，更没“碰瓷”发生。

顿时明白汤姆不买车是对的，堵乱成这样的街道却又如此沉静，只有人工饲养拥挤不堪的鱼塘可媲美。你见过池塘里的鱼彼此大爆粗口吗？

金边的普通街道全无行车线交通灯一说，真是奇怪。还没来得及发问，汤姆自动解释到，天天都堵，这几天更厉害，是因为柬埔寨反对党人从各地赶来金边游行示威，抗议大选不公，政府军警封锁了通往政府机构、皇宫和总理住宅等主要街口。

本来就堵的街现在当然堵得更凶了。

汤姆老了点，没刮的胡子看得到几许花白。想起伊恩以前的说笑，他说日子平淡时汤姆就会发胖，尽管他非常热爱自行车运动。假如某天突然发现他身材恢复到接近健美体型时，一定是他又爱上什么人的缘故，汤姆从年轻时就情史多多。

伤腿令汤姆再无法每天骑自行车健身了，那么，发福的他是否意味着他现在的生活趋于平淡呢？他和柬埔寨妻一起生活五年，我和伊恩都还没见过她呢。

坑洼不平的金边街道上,生活垃圾一堆堆随意乱扔在路边，小吃店烧烤摊到处都是，烧烤味钻进车来，烟熏火燎的有人间气息。

③

维拉廊卡饭店在一条窄街中部，门外岗亭里的警卫出来，帮我们把行李从后备箱里拎下，微笑的眼睛很亮。

汤姆把我们送到饭店就回家去，约好一个半小时后等我们梳洗完毕，他会再叫辆托克托克来接我们去他家喝酒。

饭店是法国人开的，有四十多间客房。

新老两幢建筑之间是大堂餐厅，并排的游泳池边有一组细身阔叶芭蕉类植物装饰的水槽，斑斓细小的热带鱼在水槽里快速游动。热风中摇曳的藤蔓绿叶遮盖住走廊，一溜七八株兰草根自己纠结成团，几乎无土的被铁丝悬挂在旁边的树枝上，粗茎顶端的花幽幽开放。泳池边不知名的树叶子密集，夹杂着不计其数的核桃大小的黄绿果子，偶尔掉一粒果实进泳池，“咚”的一声悦耳。高过楼房的黄竹丛和芭蕉树带来一片绿荫，优雅舒适，同一国度两个世界。庆幸汤姆为我们定到了这家饭店。

饭店位置极好，小街对面是金边著名的佛教寺院，落日余晖中的佛寺屋顶金碧辉煌近在咫尺。汤姆说是他妻子索皮娅推荐的这家深受西方游客好评的饭店，虽然我们的房间并不是大堂经理说得那么高级，不过房间宽大，陈设简约赏心悦目，两面白墙上各有一组喷涂上的尺寸很大的剪纸图案，紫红色花丛，高卢雄鸡，绿色长枝类亚热带花卉，彩喷得深浅疏密变化微妙，充满艺术趣味。

餐厅里的客人说法语的不少，还有几位新西兰澳大利亚客人正在关注美国杯帆船大赛的进展。

做过柬埔寨前总理英文讲稿撰稿人的汤姆，对法国情结浓重，对自认为是法国人的柬埔寨皇室及上流社会颇有微词，他忿说不会法语的外国人在这些人眼中被看成二等阶层。可我匆匆瞥睨的金边城市中，似乎没保留多少法国殖民色彩，街头倒是有很多人推着自行车三轮车贩卖法式面包棍，看着像那么回事，买一根咬了一口就不想再吃下去了，干松无味完全没有法式面包棍的香和嚼头。中看不中吃的面包棍一点不法国风，不过是金边底层百姓的干粮吧。

跟新加坡气温比，金边稍温和的天气还是闷热，一走动就出一身大汗，浅色衣领上黄汗圈可憎，赶紧梳洗换上干净衣袜，在空调环境下，人立刻清爽起来。

服务生敲开门，奉上一串喷香茉莉花苞和一纸文字，文称这半月里每日凌晨四点，隔壁佛寺会为逝者敲钟念经，但愿钟声经声不会打扰客人清梦。

法国殖民给这国家留下的印记不算重，倒是佛教信仰昌盛难以动摇。这张纸让我兴趣上来，作势第二天凌晨要早起去看佛寺僧人敲钟念经，但是否真起得来那么早，我不敢肯定。次日凌晨听到的佛钟声并不宏大，闭眼听着听着接着沉沉再入梦乡。茉莉花串香，放在床头上助我们在金边睡了个好觉。

法国饭店旁的老佛寺

④

如绝大多数黄肤浅黑的柬埔寨女性那样，索皮娅希望她的皮肤是白色的。其实汤姆迷的就是她那浅黑的肤色，亚洲女孩子想要白皮肤的心理，白人汤姆应该是想不明白的。

索皮娅黛眉大眼浓睫毛，她跟汤姆说柬埔寨话和英语时，自然的妩媚眼神与她柔和的柬埔寨腔调很配。忍不住夸她的柬埔寨英语腔调好听，汤姆赞同。一转腔他说很多柬埔寨女人说话听着像鸡脖子被人拧挤出的声音，常常听得他头皮发麻。我暗笑尖刻起来不饶人的汤姆最后爱上的还是柬埔寨女。

索皮娅是真正的美村姑，十八岁从乡下来到金边进了一家韩国人服装厂工作，三个月后她被韩国老板提升为经理，管理三百多个工人，一直干到那家服装厂十年后倒闭。重新找工作在酒吧做吧女的索皮娅，就是被常去喝酒的汤姆发现，那时他已经注意到不少酒客想约索皮娅外出，都被她笑眯眯拒绝。汤姆是怎么赢得索皮娅芳心的我没问，汤姆追女孩子很有本事我们都知道，但这么认真爱一个人对汤姆来说却不常见。

午饭是索皮娅妹妹为我们炒的香辣螃蟹，汤姆把一块蟹胸肉交给索皮娅说帮帮我，我不会弄。索皮娅咬开蟹骨分离出蟹肉送进汤姆口中，顺手拿起湿毛巾擦一把汤姆的满头大汗。笑盈盈地看这寻常一幕，汤姆过去的女友大概没有一个会像索皮娅这般照顾他的。

爱说话的索皮娅很愿意向我们介绍她的柬埔寨。但刚开始我们却听得一头雾水，很快意识到英语单词结尾的 S 会被她无意识吞掉，V 和 S 混淆，无复数概念的柬埔寨语法习惯后，全神贯注就能听懂两三成，联想加猜便大致能明白她的话。因为汤姆是语言天才，俄语法语也非常流利，他还能说一口很溜的柬埔寨语，索皮娅与他语言交流不成问题。

第三天的活动是索皮娅领我们去逛市场。我想要买几件 T 恤，每天洗了衣服干不了，不够换。

金边草根市场让我直接回到中国 80 年代，几乎是同样风格的店铺，同样以衣服鞋袜为主要内容的小摊子接踵搭建，过道狭窄得不得了。熙攘中小贩们在有序无序的乱中各做各的生意，可同一件 T 恤索皮娅去买 1.5-3 美元，我去买就要翻倍，好气人。

卖花女和她的花

这市场里立刻迷住我的是食摊和鲜花摊，很多当地食材我从未见过，好奇万分却不敢随便品尝。譬如油炸毛蜘蛛、水蟑螂等，红黑黄绿各种食物都敞放着，苍蝇飞来先品尝。我尤其爱那些用来献佛的茉莉花、荷花、栀子花，亚热带气候是花的福地，花满脸福祥，丰润娇艳。我要是在金边过日子，会天天买一大捧花回家，想想都美。

汤姆和索皮娅的家在金边皇宫后墙外的一条小街上，是汤姆花大钱买的地，然后按柬埔寨现在流行样式建起的两幢连墙瘦高小楼，一幢出租一幢自家用。自家楼下是索皮娅开的小店，卖香烟、味精、瓶装水和种种小包装零食，也卖柬埔寨米饭面条、肉食和西式汉堡包。简易汉堡包的价格才 50 美分，一罐金边啤酒也是同样价钱。顾客差不多全是住在这条小街上的熟人朋友，还有那些来了金边就不想离开的外国人，在小街上租了金边人的小屋住下，生活简单，消费很低。

按柬埔寨法规，生意必须落在索皮娅名下，她的店小生意小，帮她做生意的却有她妹妹侄女侄儿一大帮家人，都在这楼里进出生活，汤姆好像不烦人多，还很喜欢这种亚洲热闹大家庭的生活方式。

汤姆说每次他和索皮娅到柬埔寨什么地方去玩，总会冒出几个当地人热情接待他们，在服装厂有十年管理经历的索皮娅显然很受当年工友的喜欢。我们后来住进吴哥的维多利亚饭店也是索皮娅以前手下工人的安排。接待我们的那位柬埔寨女已是饭店里的职业理疗师了，我们享受了她的“亲属”待遇，房费食物酒水费用统统付半价。

性格平和的索皮娅显露出关心柬埔寨政治时我有点意外。说到柬埔寨现政府她立刻激动，担忧现政府跟越南人关系过分的好，令太多的越南人控制了柬埔寨的好工作；批评贪污腐败越来越严重，柬埔寨农民的土地被拿走后得到的补偿极低；她讨厌政府控制舆论的做法，她说金边人现在都不爱看电视不听广播，不想听政府在电视广播里自夸独说，电子设备现在普及，大家都去“脸书”上玩，那里传播的消息又快又好玩。

索皮娅有台迷你平板电脑，她话没完电话铃就响，拎出平板贴在耳边，咿咿呀呀开讲柬埔寨语。

汤姆挤挤眼，笑索皮娅讲电话的样子。他告诉我们刚认识索皮娅后，有天去看她，简直不能想象她住的环境有多恶劣。烂街上到处是垃圾，破房子里不知住了多少人，她和她妹妹租的楼顶小屋又脏又破，她却好像不觉糟糕的一身泰然。

索皮娅从里到外的气质自然，显然跟汤姆以往爱过的西方女性截然不同，我悄悄问买了地建了房子的汤姆，这次你认真了？

汤姆深吸一口气，说我爱死这个女人，真的。

⑤

金边城乡接合的风貌对我有种时间的滞后感，就像回到中国三十年前的某些城乡地带，人的形象和打扮，城市以及商店的农村景色还没彻底商业化，像二三十年前的中国，像极了。

到达金边第二晚，在城中心热闹的街上竟遇抢劫，正在拍照的我，手机被摩托劫匪一把夺去！

当时我们四个大活人在托克托克车斗里逍遥地坐着看夜景，我掏出手机要拍街上川流不息的行人和摩托车，完全忘记了白天听过的警告：在金边，特别是晚上要小心，有摩托车劫匪专抢手机和提包，他们得手后就加速奔逃，被抢人根本追赶不上。

我一个常出门的人，在旅途中总是很小心，过去多年从未被偷抢过。再说佛教国柬埔寨人个子不高，个个笑容满面，怎么看都有一副温和相貌，凶神恶煞的人不多。更何况我们连司机五人同在一车，哪里料到果真有人空手来抢？

几秒钟前手机还在我手上，没想到伸直手臂拍照竟然成了招人来抢的招牌告示。脑子里一瞬间空白却无愤怒，举着突然空了的手仅本能一声高喊，转头眼睁睁见那两人骑的摩托车拐几下就迅速消失在车流中。模糊看到劫匪是个细瘦男孩，头上戴了顶黄白色不确定的帽子。事发不过就一两秒，贼手稳准狠，掠取成功。

目瞪口呆的汤姆坐在我对面看清了摩托劫匪的动作，说那手连抓两次，第二次才得手。他连声说抱歉，没想到让我遇到这种糟糕事。伊恩安慰说不要再想了，丢只手机不算啥。索皮娅声音不大的说了句，就当你用手机帮助了穷人吧。

真心赞同伊恩和索皮娅的说法。

索皮娅是虔诚的佛教徒，他们家世代都是，柬埔寨人曾经也全民信佛。

我无宗教信仰但有悲悯心，一点即悟。

⑥

老旧的出租车把我们从这里送到那里，我好奇地东张西望。

来自世界各国的游客穿着轻松，满身大汗地钻进有空调的地方；热昏头时脑子会有几分钟空白，看着神色自若的柬埔寨人，即使在比较高级的饭店俱乐部里，也很少见到珠光宝气的炫富男女。

恍惚中很难抹去这个国家经历过的悲惨，想不通是什么样的轮回邪恶，能让世代信佛信印度教的柬埔寨人，走过那炼狱残忍的岁月？

眼前的金边，街道老旧，衣着并不光鲜的男女老少，脸上的笑容淳朴甚至灿烂，有健康的悦色底蕴。市场里挨挨挤挤的摊贩各自忙着生意，食摊前食客们安静地吃食，卖花人在拥挤的街上兜售饱满新鲜的花，不急不乱的热闹看着熟悉又陌生。

置身于这个有着 20 世纪 80 年代中国城乡景象的异国，六天的短暂时间里，令我对生命对世界有了新的理解和视觉角度。

我想我是懂得了柬埔寨独立纪念碑的含义，懂得了吴哥街

在摩托车上酣睡的小生意人

索皮娅的小生意

这块貌似安宁的草坪地下，埋藏了无数尸骨

上“1979年1月7日小学”——奇怪匾牌名称后面深藏的感铭。看着那么多浅棕色皮肤浓眉大眼的年轻人有序无序地忙碌，心里妥帖得很。

突然醒悟过来，新西兰的汤姆不就是当年联合国调停结束了柬埔寨战乱之后，从世界各国涌来的无数和平建设援助者之一？

那些年中，很多各国志愿者们涌入柬埔寨。时间一晃飞逝，像汤姆这样留下不走的外国人不少，他们和普通的柬埔寨人一起过同样简单的日子，用他们拥有的各种知识技术，热诚地帮助这个与他们毫无关系的国家。

而汤姆的美人索皮娅，无疑也是在经过那惨痛历史后从农

当地小吃简单却美味

村来到城市，是参与重建国家的其中一员。年轻的柬埔寨人身材大多瘦削，干干净净的能吃苦。

记得在索皮娅和汤姆家门口，坐在小方桌矮椅子上吃索皮娅姐姐做的家常饭菜时，不知从哪里过来一辆挂着大小塑料袋装食物的摩托车人，竟然在路中停车，人就在车上呼呼大睡起来，他太累了。周围人习以为常，连跑来跑去的小孩子也不去打搅他。二十多分钟后这人摇摇头醒来，掉车头消失在暗夜中。

金边街头做小买卖的摊贩真多，摊子也真小，看他们每次也就几美分的交易，却还是认真地做。如今的柬埔寨人就这样一点点重新开始他们的生活，恢复他们的经济，重建生活的信心。

饱受战乱暴政摧残的文明古国伤痕累累，愈合创伤，要重新健康起来的日子肯定漫长，几代人未必都能成功。但索皮娅们汤姆们，还有成千上万的柬埔寨人，应该永远不会放弃他们的梦想。

附言 POSTSCRIPT

那年去柬埔寨，发现每个人的角度不同，要看的东西截然有别。

很多人能看到商机，走上金边和吴哥街上，破破烂烂的商街上，很多中文广告牌意味着商业眼光独到的中国大小商人们，已经在这个挣扎着重建再生的国土上，带着当地人需要的产品和技术登陆了，那些商品未必物美，但是肯定价廉。

更多的游客是想见识一下佛教国家的异国情调，皇宫、佛寺、披着黄色袈裟的僧人，虔诚敬佛的男女老少，那是他们生活的重要部分，往往也是游客们精神生活中未必有的专注信仰。

随元人周达观去看古吴哥更有意思，一个今人很难想象的古文明城池。古城废墟被法国人重新发现，将以周达观文字描述中复原。

阴云下皇宫亮丽

席地而坐的信众

可绕不开的还是近代人类史上最残暴的屠杀，一场离我们地理距离不远，离我们精神世界极近的反人类惨剧就那么发生了。

但愿生活在柬埔寨的汤姆和索皮娅还有远在澳大利亚的我，不会轻易忘记这段惨痛的人类史。

柬埔寨离世界是这么远又是这么近，这个小小的文明古国，说得上是人类文明进程的一面镜子，人类可以从中看到各种镜像，视人所愿，就能看到人类外在与内心的不同碎片景象。

如今依旧生活在金边的汤姆和索皮娅看来是不打算回新西兰了，去年的他们有了一个儿子，一个胖嘟嘟可爱的混血儿。

我愿意把这个孩子视为柬埔寨未来的象征，愿他和所有柬埔寨的孩子，不再经历战乱，健康快活地珍惜他们每日所有的阳光。

“真腊风土”纸上穿越记

吴哥遗址潮热得让人发晕，站在树荫下也汗湿衣衫。

伊恩倒站在太阳下仔细阅读有关吴哥王朝历史，转头问我晓得中国元代有个叫 Zhou Daguan 的中国人吗？“这里写着他到过当时的吴哥王朝，还纪录了他当时的见闻。他说这是世界上最早的有关吴哥古王朝柬埔寨的文字描写，还被翻译成很多

爬上古吴哥最高的建筑顶端，感叹古代文明如山花，四处繁茂盛开

种外国文字呢，你听说过这个人和他的文章吗？”

热晕头的我从未听说元代就有中国人到过柬埔寨，哪里知道这姓 zhou 的会是个什么人？在柬埔寨城乡行走领略亚热带的闷湿，汗水淋漓中除了尽可能多看多走拍照外，我放弃了读所有文字解说的牌匾，实在想读的文字用数码相机拍下来也行。

在金边街上除了手机被抢那段不快经历外，柬埔寨这个国家让我喜欢惊叹的地方很多，尤其是吴哥古城，看得心服赞叹不已。吴哥古王朝人的石雕手段精湛，那些以巨石堆砌雕刻出的四面佛笑容沉静神秘，大小石头的门楣、石墙上的浮雕，述说着他们的信仰文化和历史。南亚的古吴哥人舞蹈基因强，匠人们雕刻战争宏大场面时，孔武军人们的打杀姿态居然也扭曲成舞蹈身形。

砂岩雕刻成的建筑群像古城，当初的气势即使只剩下废墟依然壮观，越看越对这些古迹生出好奇心来。

柬埔寨是过去几十年记忆中最熟悉的外国之一，怎么对古吴哥却毫无了解？细想以前老挂在嘴边说得顺溜的柬埔寨，其实全无真实记忆，就记得那胖圆脸的亲王带着他美丽的法柬混血妻子，在中国一住就是多年。到中国各地参观旅游时总有组织好的学生们舞动花束欢迎他们，亲王笑容可掬朝学生和人群合十致意。

那就先恶补地理历史知识吧，从网上找资料。输入元人 Zhou Daguan 这几个字和拼音，谷歌引擎上，居然真跳出些此

砂岩雕刻精美有趣

人信息来，有他的中文名字和他的文言文游记《真腊风土记》，当下细读，读得吃惊。

此君是1295年出海到达吴哥王朝的元代中国人，叫周达观。

八百年前他可不是作为水手苦力之人出海去，他也不大可能是朝廷命官驻外使节，因为当时朝廷官方并未留下他身份的记载说明。我猜极有可能是商人，是对亚热带的某种林木海产品有兴趣的逐利商人或者商家代理，在那个年代只有逐利的商业动机，才有可能驱使中国船远航到国人眼中可怕的蛮荒国度去。

无论是什么原因令温州永嘉人周达观去到真腊，在那潮热

石力士

的奇异国度，在古王朝王土上，逗留了大约一年半光阴。此君一定是个对外部世界充满好奇心的人物。文字功底深厚还有一定的观察能力，使他以八千多字写出了古真腊古吴哥的种种方面，薄薄几页文言文，让我魂不守舍好几天。

他正逢吴哥王朝鼎盛时期，他写城郭写国主、写这异国的习俗，有宫室、服饰、官属、三教、室女、奴婢、山川、地貌、语言、文字、异事、出产、病癞、死亡、耕种、贸易等五花八门内容，共四十一段。

文字颇有“镜花缘”笔调趣味，细节有趣让人读来忍俊不禁，且有很多精彩好玩的神来之笔。比如周达观的这段文字：

州城周围可二十里，有五门，门各两重。惟东向开二门，余向皆一门。

城之外巨濠，濠之外皆通衢大桥。桥之两傍各有石神五十四枚，如石将军之状，甚巨而狞。五门皆相似。桥之阑皆石为之，凿为蛇形，蛇皆九头，五十四神皆以手拔蛇，有不容其走逸之势。

百十来字就把那盛世年代雄伟做派的桥写活，给八百年后今天残缺的石武士们注入了原始生命。我在吴哥时拍了好些身姿雄伟，但头面手臂缺失的石武士。陡然看过武士们残缺的石块真是不大清楚他们应该是什么样子。在这样的文字描述下他们完整活过来，难怪我拍他们时心动。

柬埔寨阳光凶悍，人一走动，衣衫贴肉臭汗黏湿。可吴哥废墟实在迷人，拎一大瓶矿泉水猛灌，咬牙要多走多看多拍。

遗址与遗址间近的可自己走路，去远处的废墟还得以车代步，朋友帮我们定了辆托克托克随时恭候，需要去下一个地方就载着我们突突奔去。中途大雨狂泻，只好放下车帘呆坐在托克托克三轮车里等待雨停，打算雨住后去参观古吴哥人建起的不可思议的城中巨大蓄水池。

一只精瘦高脚柬埔寨黑土鸡，羽毛湿透跑进丛林。远处那栈桥湿滑，雨水升高的人工湖与栈桥同水平。栈桥边有用竹筒竹竿搭成的简易棚，里面安静坐了六七个男人，一块写着“地雷受害者乐队”的多种文字标牌湿漉漉立在棚前，战争受害者也在等雨停，雨停了才有游客来，那时他们会吹拉弹唱，不悲不喜的希望游人注意到他们。

水中还有个半大柬埔寨男孩泡在泥水里抓鱼,真抓住一条，他扬起手，他知道我在拍他。

雨停了，托克托克启动，把我们拉到吴哥南城门前，准备直穿过门洞去。

来吴哥经过北大门时我已注意到城门两旁的残缺老石雕阵，车开过来不及细看。现在远望见城门，急喊停车。

地面到处积水，在巨大的残缺石雕武士们面前走去再走回来，残石上八百年的时空色彩浓重，雨后的树林黑暗，跟前面这堆石武士混淆，竟很难拍。

在这里，时间和战争大概是以强悍的树根为表现形象，缓慢地把古吴哥的所有推倒掀翻，让意识里的精美坍塌，东倒西歪地臣服。

经过近代惨烈的战乱，柬埔寨近年来得到联合国有关部门的资助，很多国际机构和热心人士出钱出力，来柬埔寨帮助一点点修复吴哥古城。专业人士与自愿者们将散乱一地的石雕残片清理编号，再尽可能按原样重新归放回原位。

城门边的一座古桥离恢复旧貌还远，缺头少臂断腿的石雕武士，仅有一两个雄抱龙蛇大蟒的武士基本完整，整个气势就出了八九分。

八百年前周达观看到的可是吴哥石雕桥上原生态的大将军大力士们啊，那份威武不可想象。

被豪华大客车拉着的旅行团，大概是没机会下车细看看吴

编了号的废墟残片，等待着重新放回建筑上

用支架撑起来的建筑门楣

哥大力士们英姿的。导游会跟游客讲解古城四门的古石桥，再说中国元朝人周达观是如何描写他所见吗？我很怀疑。

“真腊”古国八百年前的动物世界及人间社会是何等面貌？要不是周达观精妙描写过，我的想象可能最多靠近《山海经》里的妖魔鬼怪，而不大会是如他所述：

兽有犀象、野牛、山马乃中国所无者。其余如虎、豹、熊罴、野猪、麇鹿、獐麂、猿狐之类甚多。所少者狮子、猩猩、骆驼耳。鸡、鸭、牛、马、猪、羊所不在论也。马甚矮小，牛甚多，生敢骑，死不敢食，亦不敢剥其皮，听其腐烂而已，以其与人出力故也，但以驾车耳。

在先无鹅，近有舟人自中国携去，故得其种。鼠有大如猫者，又有一等鼠头脑，绝类新生小狗儿。

那时的古真腊人不知食牛,仅知驯养牛以其蛮力服务于人?今天读来好笑。且中国人携鹅入柬，大概也不会是带去做看门狗用，而是跟华人爱吃有直接关系？现代柬埔寨人食之无禁，鱼虾鸡鸭猪牛羊皆成盘中餐，连水蜘蛛大蟑螂煎炸过后通通都敢进嘴下肚，牛肉这道荤菜滋味也做得美味，没准儿后来柬埔寨人大食牛肉就是周达观后的中国人引领兴起的！

快到正式雨季的柬埔寨已经满眼绿美，色彩细腻，黑白色水牛一群群在公路上慢慢行，连绵不断点缀在水汪汪的绿树四野中，宁静生动。有牛的柬埔寨农人家，就在自己简陋的高脚楼小屋前挖个不大的水塘，走回家的牛浮游在黄泥水塘里。可惜车高速开过时只能靠眼睛捕捉，难以拍下那沿途景观。

再读到古真腊人争讼一段,与中国民间讼法执行手段神似，比如纳罪人于坑，斩手脚趾去鼻，下油锅捞物之类古法手段残酷，且世界通用。不过古真腊人信仰国王神灵，有罪经受神判自认理输，认罪。

周达观的描写生动细节之至：

民间争讼，虽小事，亦必上闻。国主初无笞杖之责，但闻罚金而已。

其人大逆重事，亦无绞斩之事，止于城西门外掘地成坑，纳罪人于内，实以土石坚筑而罢。其次有斩手足指者，有去鼻者，但奸与赌无禁。奸妇之夫或知之，则以两柴绞奸夫之足，痛不可忍，竭其资而与之，方可获免。然装局欺骗者亦有之。或有死于门首者，则自用绳拖置城外。野地初无所谓体究检验之事，人家获盗亦可施监禁、拷掠之刑。却有一项可取。且如人家失物，疑此人为盗，不肯招认，遂以锅煎油极热，令此人伸手于中。若果偷物则手腐烂，否则皮肉如故云。番人有法如此。

又两家争讼，莫辨曲直。国宫之对岸有小石塔十二座，令一人各坐一塔中，其外两家自以亲属互相堤防。或坐一二日，或三四日。其无理者必获证候而出，或身上生疮疖，或咳嗽热证之类；有理者略无纖事。以此剖判曲直，谓之天狱，盖其土地之灵有如此也。

想来元人周达观一定多次混迹在真腊围观群众中旁观，才能写出如此生动的文字。那坐塔辨理的办法真绝，不用大吵大闹也不动真刑，只在周遭旁观者监督者围观下，直到静坐的男女坐不住生疮咳嗽败下理来，那表情一定有趣。总的说来，读过周达观文字的我，相信古吴哥还是个十分有意思有信仰有法理的古国。

从真腊到柬埔寨八百年时间一一翻过，各种猛兽未全绝迹，有的躲入丛林远山，倒是人的动物本质无限放大，柬埔寨早物是人非了。

古真腊人能想象八百年后，他们的后代柬埔寨人会对自己的同胞大开杀戒吗？惨绝人寰暴灭自己的同胞骨肉，杀害知识分子各界精英，令五分之一的柬埔寨男女老少，惨死于不久前的真实噩梦中。

元人周达观眼中的八百年前盛世吴哥，助我对短暂旅见的柬埔寨有了新的认识，他的汉字描写，也给世界留下了难以忘怀的真实纪录。

数百张吴哥照片在，看着他们就记起好玩温馨的记忆，要真能穿越，元人周达观要能再到现在的吴哥古迹看看，他会怎么说？

离开真腊后的周达观应该是没有再回去过那个炎热、充满奇闻异俗的国家。但想来会有不少中国人在那里定居下来，娶妻生子找生活，繁衍后代成为柬埔寨人。

附言 POSTSCRIPT

很小就读过《山海经》《镜花缘》，读得磕绊，那时只觉古人想象力丰富，异想天开。去过吴哥古迹后再回想这类文学，就看出文字下的沧桑来。

吴哥王朝的兴盛衰落至今未解谜点甚多，其文明历史的纵深度可能超出世界想象。要不是元人周达观八百年前留下的不长但精彩的描述，整个世界对这个古文明的了解恐怕推迟好几百年呢！

强大丰盛的古文明亦十分脆弱。吴哥废墟被自然颠覆的依据明显，那些成为景观的榕树类植物盘绕骑坐在古王朝原本坚固庞大的石建筑上，任性撕裂掀开有序排呈的巨石，令骄傲的人工创造失色。而那些草棚里的乐器演奏者们则是人世邪恶力量的牺牲品，是比古吴哥建筑更加脆弱的生命，与他们的文明世界同时坍塌，被伤害被摧毁。看得人心碎。

草棚里静待雨停的战争受害者

清晨，街上还湿漉漉的

7 -6 -5 -4 -3 -2 -1 0 +1 +2

意大利

I t a l y

-7 -6 -5 -4 -3 -2 -1 0 +1 +2

当一天古城小镇人

连接法国意大利的高速公路质量好极了，一路飞速开过去，没发现路面有坑洼现象，倒让我联想起艺术体操女孩手上那条银色缎带，干净利落，难以预料曲里拐弯地蜿蜒下去。这条高速公路还是一路两国制的衔接与过渡，只觉得似乎法国路面要宽些，意大利路段窄了点。

此路的弯度那么大，来往车辆速度相当疯狂。本来我是打算要尽兴拍沿途意大利小镇建筑的，它们坐落在半山腰或隐藏于山谷地带，小镇老城的尖塔教堂和石墙门每露头，我在座位上就左顾右盼恨不能抓拍下来。挂在脖子上的尼康 D700 电源开着，双手端相机做随时拍照状。可一路高速车流把我抓拍的愿望彻底惊走，一手抓住车门把手，一手按住相机，惊惧中不敢过多提醒开车的伊恩，他开车本来就快，上这种高速公路，环境影响实在不可低估。

这条公路的隧道也不少，一个接一个的，让人有点黑夜白天拎不清。

车在两山间的公路上弯来拐去，渐往山谷下行。公路边的山顶上有高大的老教堂矗立，看得我发呆，山路拐几个弯把它隐蔽后才懊悔居然忘记拍照。

进入小镇，在街上转来转去却找不到街名，GPS 上就是不显示。搞不清是租车公司没有及时给 GPS 升级，还是根本就没有路？再急也没用，小镇这条街没有路人，我们停车的小加油站也关了门。

落日黄昏淡淡的，像幅退色的老水彩画，仿佛老画家画画时忘记点几笔人的形影，弄得画面寂寥。

正打算离开时，一摩托车男飙来加油站，赶紧打开车窗问路。

小伙子英语几乎为零，嘴里嘟噜着我们不懂的意大利语。这人手指比划着掉头的方向，路，还得我们自己去找。

幸好伊恩具有鸽子般的方向感，在语言不通 GPS 无用的情况下，他居然蒙对方向，在小镇深处找到了那家 17 世纪的老修道院。不知哪年衰落卖给了现在的意大利人，被改成酒店。

老修道院静悄悄的，建筑背后有山，山丘上树少，山石嶙峋，好看。

与摩登酒店毫无共同处的老修道院里外还是老模样，不带一点现代装饰。前台墙上挂着好多大钥匙，我们填好信息表留下信用卡号码，胖胖的意大利女孩摘下一把大钥匙递给我们，意大利腔调很重地说就一把钥匙，没多余的！你们出门时要把它交还到这里，回来再跟我拿。

一转身胖姑娘消失了，也不领我们上楼，让我们自己找房间去。

我们的客房在四楼。

转角的大理石楼梯异常宽阔，黑黝黝的不知道电灯开关在何处，摸着上楼去。这里似乎也没有电梯可用，行李得自己提上去，整幢建筑安静得像是无人居住。爬上一层楼探望几眼，过道两边老修道士的房间规矩地对列延伸，黑暗尽头的小窗户透出亮。

喘气摸上四楼，用手上那把大到无法装进裤兜的大钥匙直捅开门，门锁是老式有直通孔眼的那种，把一只眼凑近偷窥太容易。可惜我没胆子走到过道深处别的房间去窥视一把，万一真有老修道士在房间里祈祷诵经修行，想想都吓人。

古城门洞，看那古老的石头墙

室内的双人床很大，但毫无意大利大饭店的迷人性感。床与墙之间用玻璃和木板简单隔出洗手池、马桶、淋浴的长条空间。房间里还没有电视、电话，高过两米的老立柜顺墙肃立，柜边老窗高瘦，外面是一堵挡住视线的老墙。

室内设计之随意简陋，似乎在暗示老修道院的所属主权不变，眼下的一切仅仅是暂租给人，有随时收回还给修道士们修炼的错觉。

看窗外天光尚未黑尽，锁好门去小镇转转。出修道院走几步才意识到石子街面的狭窄，街上还有车辆急冲过来，我们得紧靠墙壁避让才安全。

定神看清朝向方位，之前就看见的橘红色屋顶老建筑群应该不远，朝那方向去，走着走着，脚下小路就证实条条大路确实通

为游客而设的标志

在夜色下，残破的拱门很美

站在稍高处看古城

罗马，直线斜线的小路最终都汇聚到古城。走过护城河上的石桥，古城被高高的城墙围护着。

在灯光照耀的城墙上有明显的修补痕迹，同样的碎石材料，绝大部分的老石还在。城里的民居建筑看上去怎么也有百岁甚至几百岁，最气派的是大石条建筑的市政厅。小广场周边的民居街道逼窄，老城民居沧桑但结实，还有不少人家墙外有精彩的涂鸦。最喜欢一扇老门下方画的狗，探出半身张望，画得好。小石头砌出的墙体有说不出的美，挨着看过去，小街如肠，石板路镶嵌的古老卵石边道，通向不知哪里的远方。

也许是傍晚老城里游客稀少，要不然就是旅游季节还没真到来，小商店、饭馆大多关了门，楼上的住家亮着柔和的灯光。走一圈，仅有一家饭馆还热闹地开着。总是不饿的伊恩没有吃饭的欲望，他要趁着天光再四处走走多看看。

我已经很饿了，勉强同意再继续乱走，但心里有丝不快。

意大利人家的
门上如此作画

我发现世界上根本没有不同的种族，只有一饿心就慌和总是不饿的两种人。可钱包不在我手上，不得不臣服。

城中广场旁有条不宽不窄的小路渐渐往高处延伸，整个路面是按古法铺出的黑石子小道。石路美丽但硌脚，硌得脚底板生疼。顺路走上去，黑石子路颜色渐渐以浅灰居多，脚还是难受，心却因视觉而舒畅起来。

民居建筑不觉间变矮变稀疏下来，路缓缓拐弯，很快人就站在半山丘上了。

拐角处最后的民居矮墙前，停着辆短头短尾的三轮黑色小皮卡，矮院墙后葡萄藤攀援。山丘下的砖红色屋顶层叠，远处的海面被两边山势切割成一线，暗夜中天空云层色彩细腻，海天之间最后一抹夕阳散发出暗紫的红光。

山丘上好像还有座城堡，是座造型奇特碉楼望角的建筑。走上去想看个究竟，不料古堡被铁丝网和石墙围锁住根本进不去，几盏地灯从不同角度照射着这座城堡，气势愈发神秘，令我们不禁猜测它有什么样的前世今生。

从山丘的小路冒出一对瑞典男女来，他们是从山上下来准备去古城中心的。路遇自然要聊天互相交换信息，没想到他们住在往山丘上再走约十分钟路程的地方，那里有家非常隐秘的家庭小旅店，由店主亲自待客，其美食美景皆一流的棒。羡慕好奇他们是怎么找到这等好去处的？两人说不过是从旅游网上找到了那家旅店信息，他们也没想到那么好。还说看上去荒野的山上实际上是有路的，客人可以直接开车到那家旅店门口，不过住进旅店后他们不再愿意开车出行倒更愿意走山路上下。这对男女在旅店已经住六七天了，早晚眺望四周美景，热爱山下古城，他们一点没有枯燥烦腻感。

听他们说起所住旅店的美食，顿时把我已经淡忘暗藏的饥饿调动出来，再无继续观景的体力了，满肚咕咕乱呻吟。不再矜持，拉着伊恩就急匆匆下山去，要赶快回到那家还开着的餐馆去。还在古城时就打探过哪家餐馆最好，可惜都不开门，那唯一还开着的餐馆据说厨艺一般。

不过以我这个意大利美食迷的角度判断，在意大利本土吃地道的意餐都不会差到哪里去的，特别是餐馆里挤满本地食客的话。要知道现在的澳大利亚、新西兰的意大利餐馆已被不少华裔收入囊中，厨房里中国厨师印度厨师皆有，那味道是否传统地道真是要打问号。能在意大利开餐馆尤其是为本地人开餐

路灯下

夜色中的黑石子路

馆的，肯定有值得赞赏的地方。

冲进饭馆时间恰好，店里客人满满，但还剩最后一张屋角小桌让我们落座。小桌位置能让我观看餐馆全景，听满餐馆意大利人喧哗聊天，意大利人喜欢大声聊天的习惯不输中国人。

饭馆的几个美女招待几乎不会英语，笑容满面地站在我们身边等候点菜。

我们不会意大利语无法交流，更看不懂意大利菜谱，点意面总是不会错，我喜欢用任何材料调配出的美味意面，这一路过来还真没吃够这类食品呢。我要了盘用当地新鲜小贝壳做的意面，伊恩点了盘火腿香肠披萨。

按意大利人的说法，吃意餐最好配当地葡萄酒，掰一小块外脆内软的面包蘸点橄榄油，清香有嚼头。两道主食加若克特沙拉一上桌，口舌眼忙不迭地品味兼细打量，我的那份不过是常见的意大利面条、西红柿小贝壳和火腿香肠之类普通材料，也没加别的花头，但味道极其香醇，稀里哗啦吃得一点不剩。

那边意大利本地食客们热闹翻天，远见美女招待给满桌食客挨个用小勺喂食什么东西，可能是酒也可能是蜜，我们隔得远看不清也没问，但看得出来是当地餐饮风俗的传统玩法，食客们欢笑鼓掌开心得很。要不是太饱，我都想试品一勺，不管它是什么东西。

我的美妙意面价格仅 8 欧元（约合人民币 62 元），再加上瓶红酒和伊恩的披萨，前菜沙拉，晚餐总共 30 欧元，按意大利食物的普遍价格看，称得上是价廉物美。

吃饱喝足的我俩穿过古城广场朝修道院方向去，夜深了，一群本地人坐在他们的小商店门外聊天喝酒，弹吉他低声唱歌，好快活。人有点多，好几个人就坐在石子路面上，潇洒率性的欢乐。

宛如生活在古代游猎季节的意大利人，他们似乎在坐等季节中才有的相应生物撞进他们的地盘来，这些小镇人不慌不忙地用他们的断壁残垣，还有好酒好餐招待远客，而非不留后路地狠宰一刀算一刀。偏远的古镇没有罗马、佛罗伦萨、米兰那些大城市四季不断的游客资源，但人来了会舍不得走，走了也会传布些好印象好记忆给没来过的人。偏远小镇的本地居民收入一定有限，我也不清楚意大利的社会福利如何，生意人是否需缴纳很多税？是否也有很多年轻人去大城市发展，满城只剩下老少？现代社会要遭遇的种种困惑小镇人一定会遇到，但在餐馆在小街上看到的他们，竟找不出愁苦与愤怒来。

快活的小镇人

作为游客走马观花，这小古城千百年活过来大约经历过很多生死，城中居民依然繁花自开，活得简单开心。古城不仅仅是历史书上物，更是当下生活结构重要组成部分。古代文明和现代物质文化高度发展不矛盾地并存，古城小镇的旅游不断，再活千百年继续福荫他们子孙后代不成问题。

以小镇人设身处地地想，真是喜欢，哪怕一天也没成为当地人。

附言 POSTSCRIPT

我生长的城市——成都，是地道古城，据说有超过千年的历史。

成都的明皇城直到 20 世纪 70 年代依然健在，且不说我小时到处可见的清末以及民国时期的民间建筑。至今还记得小时随父母去青羊宫时，过小河总要走过那刻有古人物花草图案的青石桥，记得商业场后面整条街的川式木结构民居楼，记得城外河边上吱吱嘎嘎作响的竹吊脚楼茶馆，省文联里甚至还有过去富贵人家的小戏台，一直存活到“文革”结束。

那些在市声落日里的老成都在我记忆中是那么迷人，它们与我的共生关系密切，有我少年青年最珍贵的点点滴滴。我曾以为，这座千年古城的砖石木梁的生命会比人的生命更绵长。

意大利这个小国的古村落古城堡古民居多不胜数，全程看得我兴奋又伤感，尤其当我想起我的“老成都”时。除语言外，我的老成都已消失殆尽，走到现在新成都街头，我不过是异乡人，毫无亲切感，那熟悉的街名架构出的新城市，已与我绝缘。

偷拍波提切利和米开朗基罗

来佛罗伦萨，到艺术家的圣地乌菲兹画廊朝圣，看意大利的油画雕塑，看西方艺术的源流历史，是每个热爱艺术的人要做的事。

那天清早爬起床来就往乌菲兹画廊跑。清晨的佛罗伦萨街头安静干净，阳光柔和剔透。头天晚上在佛罗伦萨流窜时已事先踩点，标出从我们住的饭店去画廊的捷径，赶早去排队买门票。

到画廊前就傻眼了，还不到八点已有好几百人安静地排成长龙，我悻悻成为长龙尾巴尖不久，身后几十个人快速加长了的队伍稍微安慰了我。

意大利人通常看上去散漫，对时间有很随性的理解，但画廊售票处工作效率却很高，买到手的门票上有指定进馆时间，以分流观光客们带来的拥挤。

我们的票是九点半入内，还有半小时时间去填充空腹，画廊附近众多咖啡馆早就开门迎客，不爱吃早餐的我也必须吃点，怕底气不足看不完画廊藏品。意大利咖啡店的甜点着实迷人，再加一杯冰鲜橙汁很不错。去咖啡店吃喝还有另一赏心悦目的事，店里的女招待大多青春妩媚，是那种黑眉毛杏眼、健康自然的美女。看过她们再去画廊看艺术品，两者都属于美的世界。

佛罗伦萨的好多画廊以及教堂里的展览不许拍照。把沉甸甸的相机关了，挂在脖子上像挂了块大砖头，即使双手替换托举相机脖子也累。老实说，渴望拍照的贼心不死，手指常常还是留在快门键附近蠢蠢欲动。

意大利国宝级的乌菲兹画廊自然也不让人随便拍照。

意大利历代大小画家灿若群星，他们的作品看不过来，只能挑特别喜欢的多看几眼。

随人流慢慢挤到波提切利的画前就再移不开脚步，恍惚有麦加朝圣的感觉。在狭窄的室内空间的游客，如海鱼群般缓慢游动。形容为海鱼，是因为那么多人居然很安静，没有大呼小叫的杂音，本地导游轻柔的解说悄悄传到游客的耳机里。

成千上万的游客里，一眼就认得出来来自中国的团体和散客。名画《春》前有一群华人旅游团挤在人群中，我伸长脖子从人缝里看，这群游客捂住耳机专心听女导游用普通话讲解这幅馆藏名画。近二十年来富裕起来的华人满世界出游，法国意大利的名牌商店更是挤满了华人身影，与之相似的是华人餐馆里华人大吃的场面。这群华人认真参观画廊的情景让我感动，类似场面越多越好，入乡随俗，导游的高音喇叭没出现。

挤出人群，站在《春》的侧面想要看仔细一点，只有在这

亲眼见到波提切利《春》这幅油画

个奇怪的角度才能看多一点细节。深吸一口气，稳住身体不要被人流带走，多看几眼算几眼。

画册上波提切利的《春》见过很多次，印刷品总是简单寡淡。记得老师拿出珍藏的珂罗版印刷画册时非常庄重，我惊叹波提切利人物画得柔美，甚至临摹过几笔，不知遥远的波提切利之画是不是真的如画册那样单调？

所有印刷品在原作面前都失色，没有一件接近墙上这幅真迹，原作的色彩层次之细腻敏感，《春》的冲击力大到让我彻底忘掉几十年来记忆中的印刷品。

再一次心酸全因被骗的时间太长，几十年来热爱西方绘画的人或许都以为波提切利甚至整个意大利古典艺术世界就是那拙劣印刷品上的色彩呢。

此时呆站在波提切尼画前，惊叹他画上的人物之美，线条色彩细腻，精妙程度远远超出我想象。画面上笼罩着一种无法形容的气息，淡淡的，轻柔蔓延开的有生命的微妙呼吸感。维纳斯神情姿态纯粹干净，有女孩出尘未染的天然美，裸体线条捕捉得精妙。说来波提切利的人物画风倒更接近女性气质，作为对比，米开朗基罗、达·芬奇的画作雕刻就非常男性，有力度。

意大利人幸运！这样的艺术大师伴随着他们成为生活重要的组成部分，这么多大家巨作存留于意大利。乌菲兹画廊和整个意大利就是一座巨大的艺术宝库，我才窥视到一点已眩晕激动，意大利人世世代代受其滋润，怪不得这个小国在艺术史上有无上地位。

满怀嫉妒心的我，浑身醋意地不满画廊不许人拍照的规定。不料拥挤如沙丁鱼罐头的游客群中突然有几道闪光灯亮过，不大的几下快门声在我听来如雷鸣，居然有人还是拍照？犹豫一秒钟，迅速打开相机开关飞快拍两张墙上画，心虚地又马上把相机开关旋钮到关闭状态，但愿我个子矮那些意大利保安没看见。

很重要的一点是，我是不用闪光灯拍照的那种。从理论上讲，不用闪光灯就不会对这幅名作产生任何危害。那些用手机、用傻瓜相机打开闪光灯拍照的人到处都有，旅行中发现很多游客对手机、相机功能所知甚少，强烈太阳光下也用闪光灯拍照的人随处可见，闪光灯被滥用得太厉害了。

再说，我不是拍那种到此一游的人，也不会利用照片做生意，但很多值得拍的地方拍不了还是遗憾。后一天在佛罗伦萨美术学校里看镇馆之宝米开朗基罗的大卫雕像时，再度遭遇不许拍照的麻烦。

神殿般的大厅深处安放着石雕作品《大卫》，走近时，手指自动的就按下快门远拍了几张照，即刻看到墙上的英文警示：禁止拍照。

大卫像前十米左右站着两个长得歪眉斜眼的意大利老保安，他们说话声音大得像吵架。两人激烈对话中偶尔转头去干涉众多心怀鬼胎的相机持有者，观众们围着这尊雕像转着圈看。

白色大理石大卫像实在是高大，巨像基座已经高过两米，雕像本身高 5.17 米，须仰视。圆雕的妙处就在于可让人兜圈子看大师的精湛技艺，看各种精彩，观众们团团围住了他。

长方形的大厅直筒到底部时扩展出 T 形，意大利老保安站的地方看不到大厅两边角落，也就是说雕像陈列厅有视线死角。

从大卫身后身前地转，发现右边角落遮蔽处好几个人在狂拍，受启发下我壮起胆子也拍两张。拍了赶快就朝左面走，左边角落有张长椅，一日本小伙子坐在椅子上画大卫雕像素描。纸夹半开大，素描画得干净，但大卫像有点变形，是那种规规矩矩学院派的素描画法。他说已经连续来画两天了，马上就结束。跟他聊了一会儿天居然忘记拍他和他的画，拍他，有点像在拍当学生时的自己啊。

悄悄拍照，其实心里不安，干坏事的感觉真不好。

两次破戒的时候都躲着没让伊恩看见，他要在身边，我的偷拍会非常艰难，他不会制止我更不会高声说话，但他会提醒我：你要被保安架出去的！谆谆告诫下，偷拍心仍有但极度不自在了。

米开朗基罗的《大卫》

遵守规矩习俗和遇适当机会就破戒，是我们社会文化以及传统上的巨大不同。在西方生活二十年后我已经克制改变了不少原来的认知，所以遇到这种关头才会感到负疚不安。但我深知，破坏规矩的基因在自己意识中很容易死灰复燃，我也说不准这种大胆放肆是否全是不好？

在画廊里时间过得不是一般的快，世界名作有力量能稳住人心，反反复复看也不觉烦腻。

市政厅前的《大卫》复制品

看意大利艺术藏品总是要排队，在佛罗伦萨美术学校入口处排队买门票时，队列松散，人群慢慢前移。渐近售票窗口，瞥见

著名的野猪雕塑，猪鼻已被人摸得锃亮

精美的老铜门

路边有辆卖明信片画册等旅游商品的花花绿绿大篷车一辆。走到车边一抬头，被车上高挂的丝绸骑士内裤图案吓一大跳。

白色裤裆中央是颜色图案逼真的男性生殖器，浑圆粗壮巨大不说，两侧还卷毛而且是彩色。心想这内裤谁敢买来穿，情人之间开玩笑私赠也勉强，因为送者和接受者定会多心，谁敢穿上这大尺寸器官的内裤，谁就要承受见者的讥讽。

心里疑惑太多就再仔细看一眼，一下子看得我咧嘴无声大笑起来。

原来这内裤上图案原型来自米开朗基罗的《大卫》石雕像，怪不得看上去眼熟觉得线条造型有雕刻感呢！贼商人将这个部位造型精确复制下来，再重新上色增加真实立体感后印在丝绸内裤上。古典大师米开朗基罗被现代意大利商人小小恶搞一把，反正米开朗基罗也不会活过来要求版权保护。再说佛罗伦萨绝不会满城都是这滑稽裤衩迎风飘，这生意特地在馆藏大卫雕像的美术学校前卖萌也算种滑稽的致敬方式？

遗憾的是当时没好意思拍下这大篷车上的恶搞另类艺术，现在后悔都晚了。

千万里赶来意大利朝圣不能拍照很残忍，可见到这大篷车上恶搞商品，多少就明白意大利人坚持保护艺术遗产的立场。网上搜索引擎的用途越来越宽泛，著名博物馆、画廊未来必然会将更多的馆藏名作推上网，给大众免费浏览参观下载，这将是大趋势。

现实是，禁拍国宝艺术大师作品的规定给保安带去无尽烦恼。今天的游客几乎相机手机不离，要彻底禁止人拍照是不可能的事。再说意大利这样的西方国家没有无法无天的“城管”，就在规定最严的场所，我也没见过保安们去抢去砸游客的相机手机，没遇到过被抓住强行没收，或者要求删掉记忆卡之类的事。

依我看，将来更大尺度上的开放拍照前景光明，难的是，教育人手一机的大众不能用闪光灯拍照。

意大利之行于我，最神魂颠倒之时就是立于波提切利、米开朗基罗、达·芬奇等大家的作品前，要在现场仔细看，还想拍下来带回家再放大看，那分分秒秒都是自我折磨与迷茫。回到澳大利亚家里把偷拍的照片放在电脑上看，拍照时的罪恶暴露无遗，焦距不清构图乱七八糟，每次看到这几张照片，就看到我在人群中满脸惊恐的傻样。

附言 POSTSCRIPT

为拍照，不知受过多少次白眼，尤其是违禁情况下我要是有所动作的话。

看正式演出参观特殊画展时，明文禁止观者拍照。站在对方的立场我能理解。可有时真会遇到些特殊的活动、人、事，或者名画在眼前，就禁不住手指头痒。偷拍了未必狂喜，但不拍的遗憾一辈子都在。

比如曾在奥克兰的餐馆吃饭，与登上珠穆朗玛峰的新西兰登山家埃德蒙·希拉里爵士邻座，没好意思拍甚至没好意思多看他几眼，但直到今日我都后悔不迭。对人事有所顾忌，尊重对方是生活在文明社会必须学会的部分。但是过于遵守规定，生活就不那么好玩了。

在什么时候什么场合，该壮起胆子厚着脸皮偷拍？是生活在这种文化里，理解赞同但又犹豫并希望翻越的一道坎。

古罗马启示录

从佛罗伦萨乘高速列车去罗马，缩短了自己驾车或乘大巴漫长的旅行时间。游客好像是有大把时间的人，其实相反，时间不够用才是游客的本质。

意大利的高速列车不错，可惜乘客太多，多到车厢里竟然还有人站着。要是换成亚洲面孔，我会以为是在香港、日本、北京的高速列车上。意大利高速列车人虽多但不乱，也不吵闹，倒像只体内挤满活体生物的尖头大钢管朝目标飞速进发。

车到罗马站我们再转乘普通列车，几站功夫就到我们预订好的希尔顿饭店那站了，事先打听过饭店离车站不远。到站只有我们两人下车，刚好有辆出租车停在站门前，司机说饭店离这站很近，但不管怎样，上车来，10 欧好吗？我们钻进车去，原因是不想劳累自己，拉着行李在人生地不熟的地方走路很辛苦。看车站四周的环境知道这是在罗马郊区，高架桥公路上只有车来往而不见人。

出租车司机带着我们上高架桥再下，兜个 & 型，再拐进公路边茂密植物前的宽敞进口，果真近，就在车站左侧不到一公里远的地方。

饭店里客人多如牛毛，前台忙得一塌糊涂。

好不容易拿到钥匙，发现我们订房间时没搞清意大利人说的双人床只是宽单人床的意思，伊恩个高，这么点大的宽单人床上挤两个人太难过，下楼去交涉要换成双人床，一路奔波后总是要睡得舒服点才好。

前台有个女人正在跟饭店的接待人员投诉什么，转身见我们在她身后等待，就接着向我们大声抱怨，她说这些意大利人真差劲，要是在澳大利亚哪里会遇到这等服务？她遇到什么麻烦我们不知道也不想插嘴，更不想告诉她我们也从澳大利亚来。看前台几个意大利人忙成那样，入住和离店的客人络绎不绝，实在是不想给他们再添堵，静静等吧。

耐心等待的结果不错，负责客人入住登记的女士抱歉说今天无法换了，饭店所有房间都满员。但她但保证明天一定为我们换房，明天上午来找我好吗？第二天下午找到她，真就换了间大床给我们。

房间里的冰箱照例塞满各种酒水，很特别的是有张小小的英文说明贴在冰箱上：冰箱里不要放自己的食物，如从冰箱里拿出任何饮料，电脑会自动计费。

走过这么多国家，还是第一次遇到这种客房冰箱管理系统，难道是意大利人工太贵的缘故，才采用电脑自动化管理来减少人工清点手续？

没管那么多，依然取出几瓶可乐之类的软饮料腾出空间，把我们在路上买的意大利白葡萄酒和美味奶酪放了进去。来到意大利，不喝这国家的美酒而去喝美国软饮料绝对是傻帽。

第二天一早在餐厅吃早餐，大电视正在滚动报道新闻，但音量很小，靠近看，原来是意大利近法国的地区地震了，还有人员伤亡。我们在罗马却完全无震感，听不懂意大利语但看电视报道上的地图，应该是我们去佛罗伦萨时经过的地方。美丽老城被突如其来的地震摧毁，看得人心痛不已。

餐前拿到饭店接驳车时间表，来去的时间和接客的地点标志清楚，饭店客人乘坐这车免费。赶快拿好相机背包和瓶装水，要搭车去老城观光，去得早还有可能坐在第一排，大型客车开阔的前挡风玻璃提供了最佳视线，正好一路观看拍摄罗马市区和郊区的面貌。

小时候记得那句成语叫条条大路通罗马，中国跟古罗马相

红灯亮了，两位杂耍者开始在车前斑马线上表演，似乎并不为赚钱

距那么远，这句话怎么会在中国广为流传？现在，人在罗马了要多看多转些地方，要看条条大路真正聚到的老罗马是什么样。

罗马城的行道树特别美，我把它们通称为罗马松，是那种被人工剪裁得有形有味姿态优美的树形。车过城市之处有越来越多的古建筑和废墟，左右景观让我嫉妒，这座古城遗址遍地，来不及看也来不及拍，行车中很难拍下完美镜头。

越贴近老城古迹越多，看得我这个来自文明古国的人气得要死。我哪里见过这么多的历史古迹？文物古迹要么在博物馆里深藏，要么就被今人用新建筑彻底掩埋，古罗马城里无处不在的历史遗迹让我喘不过气来，心里的羡慕嫉妒像锅沸汤，咕咕咚咚按捺不住直想往外冒。

世界上大概没有任何一座古城能像罗马存有如此之多的古迹。正在进行挖掘整理的地下地表建筑遗址，建了美观的围栏不让游人随意进出。雕花的立柱柱头，刻有人物动物植物的大理石板，古老的罗马砖石看似随意，却自有规则地倒放在青草上，我知道有一天它们会矗立在它们原来的位置上，拼接还原出古罗马那个特定时代的面貌。那些巧用力学原理建成的弧形拱门，哪怕残缺得很厉害也不倒，引出古罗马人的智慧。

一些遗址的剖切面处能看到古罗马人修建的地下污水系统、饮用水管道，设计非常复杂也美观，只能说明那个时候的罗马人已经有相当完善的生活设施。更让我吃惊的是很多建筑自身就是历史的见证。一座 17 世纪的民居建筑会有 12 世纪的墙体，

废墟之美之多，整个罗马为之生辉

所谓历史，在这个古城里是真实而立体的

5 世纪的地基，不同时期的建筑残体被罗马人巧妙利用，这种建筑组合方式犹如地质断层剖面。古罗马文明的发展变迁让我看得眼热心跳，建筑才是所谓文明古国的最佳名片。罗马古城不仅仅是名声上的文化古城。所到之处，时间打磨过的建筑，那些多到令人疯狂的遗址，那些在松树后面，在现代建筑旁边，在登高望远连绵无尽的老城中，古罗马的色彩和线条形成了震撼的画面。

古罗马时代，城市已有完善的下水道系统

饭店客车停在老城中心美术馆旁，下车按简略地图绕过美术馆后面，急急朝斗兽场方向去。速走一段路，斗兽场那著名的外观出现在眼前，恨不能几步跑过要仔细里外看遍。少年时读“斯巴达克斯”，喜欢小说里古罗马斯巴达克斯勇士，但大斗兽场的血腥还是难以想象。出国后再看老电影，再见过无数的大斗兽场的照片，总有熟悉感，谁料才远远见到它，周身细胞就被惊刺痛醒，亢奋冲动。

长蛇阵般的队伍的移动速度没有我想象的那么慢，到达购票处很多人租了各种语言的耳机要边走边听解说，还有不少人加入专职导游队伍，二十人为一组。两种选择都不适合我，我不耐烦慢慢走，也不要挂着耳机听解说，就想像个斯巴达克斯

建筑符合力学原理，细节精美

走近大斗兽场

人一样多跑多看，还要多拍，拍得越多越好。

人在大斗兽场里，马上体会到场面气势的宏大，无论站在什么地方、什么角度都显得自己微不足道。古罗马人建筑技术高超，大斗兽场的墙体，猛兽和搏斗勇士们使用的地下通道，贵族平民观看用的层层看台，主要建筑材料不过是薄砖。用薄砖砌成的拱门墙体既结实也大气美观。即使用现代眼光和现代技术来打量，古罗马人的建筑堪称完美，令人一再惊叹。

意大利改朝换代中血腥味蛮重的，时间把罗马容颜改变，从极盛到衰败有很多史料记载，大斗兽场和很多罗马古建筑上的铁固件在不同时代被取下做他用，古老建筑的被破坏人为因素不能忽视。

尽管如此，罗马还是保存了大量古代遗迹。今天的意大利专业人士严格按古法使用近似材料，尽量保留原始遗迹，小心修补那些坍塌多年的地方。修补后的部位从颜色和整齐度上特意与原始遗址的部分有所区别。在保存修复古迹领域，意大利人非常讲究科学，最大限度地保存原滋味，修复谨慎，而非无耻地推倒重建、造假胡来。

透过相机之眼一层层拍上去，登到最高处，看窗外的罗马古城又有新的视角发现，退后几步看，大斗兽场每个有两千多岁的窗口与外面美丽的罗马松组成为一幅幅绝妙画面。

最高层的走廊上还有个不大的展览，展出了在修复斗兽场过程中发现的残缺古物。白色大理石马的肢体不知在什么年代被砸断了；坐在马背上的骑士失去了几乎全部躯体细节，仅剩下肘关节完美的圆雕残片；某个年代照亮古罗马人的陶油灯；一排残缺的石雕人像；巨大的花冠石雕柱头、黑白两色马赛克拼出的持匕首角斗士和猛虎画面，不管残缺得多么厉害，那残存的一点画面，造型细节让我赞叹不已。

时间一晃就到下午，斗兽场闭馆时间快到了，走着跑着边看边拍，运气真好，下午最后的光线很棒，夕阳温暖带着斗兽场连同游人入我镜头，好照片不少。

伊恩忠实地跟在导游后面听完全部解说，不爱拍照的人就这点好，静心把有意思的信息牢记于心。我们两人的游逛方式正好互补，我的照片能让他看到更多场面细节，他所记信息又给我提供了画面之外的深层思考。

出大斗兽场时我们还兴犹未尽，可肚子已经咕咕乱叫了。两人一致同意往附近小街探头探脑去，凭味觉要找意大利本地人去的餐馆好好吃一顿。

残柱头上的花纹雕刻

才顺势走过几条小街，热闹的老城中心似乎一下子就离得很远了，没有游客出没的小街非常静。经过路边的小餐馆，几个意大利人坐在露天餐桌一边大声说话一边喝啤酒。走过去我们又退回来，推开餐馆门进去找了张干净桌子，坐下，没人招呼我们。好一会儿才过来个不会英语的胖意大利女孩，随意点了意面和啤酒再继续等，好久也没动静，我怀疑那女孩子是忘记了。去柜台前探头一看，那女孩坐在柜台后正在吃面，一抬头看见我她一拍脑袋，果然忘记了。

女孩不好意思地朝厨房里一阵高喊，转过脸来满脸红红的。

过一阵厨师送来现做的一大盘意面、啤酒和一盆蔬菜沙拉。西红柿渲染下的意面朴实简单，吃一口就晓得没有多余花头，但味道好极了，就着蔬菜沙拉和冰啤酒，我们狼吞虎咽地开吃。

餐馆里就我们一对外来食客，却不时有男女从我们桌边的后门进来，进来就推开柜台小隔门跟厨房里的人高声交谈，说一阵话就出来互相拥抱，卷起一阵风又从后门出去。听不懂他们寒暄什么，只觉得这不是家餐馆而是意大利人家的厨房，亲戚邻居走动得热闹。

意面真好吃，想问问他们有什么诀窍做得这么可口，胖姑娘叫来厨师说他会英语，结果那厨师只会说你好再见之类，笑眯眯地把账算得清楚，想讨食谱的企图落空。

出餐馆再往斗兽场方向回走，遇一群戴着假面要去参加聚会的意大利女孩，我一举起相机她们就赶快作出怪像姿态让我拍，真是快活的人们。

古罗马美得让我难过，我也是文明古国后人，可故国里还有多少文明遗址存在？最惨的是就在我短短的生命里，眼见着那么多文化遗址在飞快不可挽回地消失，听到的却是进步发展的必

大斗兽场再破败，气势依旧宏伟无比

需代价！当簇新而毫无个性的高楼大厦疯狂改变中国城乡面貌时，文明古国之说在书本上在博物馆中，却离我们社会生活越来越远。这种心情，在罗马老城里一次又一次涌上心头。

近代意大利人没把老祖宗留下的古老建筑废墟推倒重建，遗址上遍地皆是的古代精美残片，除犯罪分子外不会有人动念去偷去卖钱。今天的意大利人，生活多少都跟旅游业有关，但这种生活方式是建筑在非掠夺性的，给子孙后代留下可延续继承的完整空间之上。

开心惬意于在这样的古罗马遗迹中漫游一天，要是人生真有轮回，三百年八百年后我还能再投身为人，而且那时再有机会来罗马，我可以肯定地预见我所见到的绝不会是一座所谓全新的摩登城市，照样还会是那条条青石铺成的大路通向的罗马古城，在时间流逝，迅速衰败的地球文明史上，更古老的罗马只会比今天更迷人。

下辈子转世做个罗马公民吧！

附言　POSTSCRIPT

大约在公元前 8 世纪到公元前 6 世纪末，罗马城已有的王政时代，政体除了有王权外，还有公民大会和元老院。那时的罗马帝国正式名称为“元老院与罗马人民”，产生了公民大会从贵族中选出的两名行使最高行政权的，为期一年的执政官。国家实权为元老院掌握。同时还有了罗马贵族承认接受平民所选的“保民官”，以保护平民权利不受贵族侵犯。

公元前 451 年颁布了《十二铜表法》，废除了平民与贵族不能通婚的限制，罗马法由此诞生。这个古罗马法由三大系统组成，《十二铜表法》为基础，发展而成民法；有了与各民族风俗习惯有关的万民法；有了哲学家、法学家等对法律研究而形成的自然法等重要部分。其中以自然法为最重要，认为任何法律不得违背理性和自然法则，如人人平等并享有政府不可侵犯的基本权利等。

公元前 6 世纪时，东罗马帝国的查士丁尼大帝将这些法律加以整理，编成《查士丁尼法典》，成为奠定欧美大陆法系的基础。换句话说，现在的文明世界走到今天，与古罗马人两千多年前的存在发展，有着无法切断的血缘精神关系。

古罗马人为人类文明世界留下了无数影响极深远的印记，这座城市里不计其数的古迹废墟无疑就是古罗马留给世界的绝佳意向。

有些地方去过一次终身不忘，罗马应该是其中之一。

金灿灿的天穹绘画

-7 -6 -5 -4 -3 -2 -1 0 +1 +2

梵蒂冈

Vatican City

-7 -6 -5 -4 -3 -2 -1 0 +1 +2

如何进入梵蒂冈？

以金碧辉煌去形容小小的国中之国梵蒂冈似乎很不恰当，但说梵蒂冈拥有金山银海我信，可梵蒂冈的底气分量，又不仅仅是金山银海就能撑起来的。到意大利的人一定要去梵蒂冈看看，才能体味这世界最小的国家。

在佛罗伦萨那几天差不多每天天光明媚，来到罗马却大小雨不断。春天春心的纷乱，有雨时偏冷，出太阳时过热，正是难将就的时节。

去梵蒂冈的早晨微雨，观天象估计不会有大雨，出门没带伞。转到梵蒂冈大围墙外开始成为长队中的一员，天悄然大晴时开始后悔，小雨伞实际上也有遮阳功能。昨天我们在西班牙阶梯和万神殿之间走动碰上了暴雨，在银行屋檐下躲一阵雨，最后还是买了把彩虹伞遮头，才好继续走下去。5 欧元一把的伞颜色好看但做工粗糙，今天忘记随身带来遮阳用。

那是我在意大利期间排过的时间最长的一次队，队伍超过一公里，游人在梵蒂冈方形城墙根下松散着也规矩着相跟着移动，好久才慢吞吞挪过两个城墙大转角，梵蒂冈游客进口还很遥远。

走走站站，就有戴着胸牌的导游，看准有不耐烦的游客贴上去，展开游说。男女导游人种多样，根据游客用相应的语言沟通，西班牙语、法语、德语、英语。这些人对游客说随了他们就不用排队，每人交几十欧，他们立刻就可以将游客直接领进梵蒂冈。见游人脸上露出怀疑神色，他们指指脖子上挂着的导游证解释，是因为他们有带领团体参观者的资格，团体游客有另门入内的优待。这伙人穿着正经，还人手一大本花花绿绿旅游资料，随时翻给开始有兴趣的游客看。

这些导游挂有经过某专业机构认证，意大利政府部门监控颁发的导游胸牌，上面有他们本人照片和编号等等，游客也不尽都是傻子，真要蒙骗很难。

意大利无疑真是个外国人来了就不想走的美丽国家，想留下不走继续玩的人基本条件是要能养活自己，挣钱的方法很多，也许做职业导游就是路子。听前后几个导游的口音非意大利本土，这些各国有志的人，不知通过何种手段才取得意大利导游

招揽生意的导游

梵蒂冈古城墙边的长队

资格？所谓团体参观者们是用多交钱的方式不排队就进入梵蒂冈，梵蒂冈管理部门和导游之间的灰色交易很明显。

这些导游花言巧语但不欺行霸市，不带强迫意味，而是蛮有技巧温和地磨人。

我还在胡思乱想着，前面一对年轻美国人已经被游说动心了，他们很谨慎地反复确认，要导游保证收了钱把他们带进梵蒂冈后，就由他们自己随意走动，不跟所谓团队行动。导游拍拍胸脯说没问题。谈好价钱，这对美国男女就跟着黑皮肤男导游离开我们的队伍了。

用眼角余光看周围游客与野导们讨价还价，不想让我的视线被这些脑门上仿佛有雷达的导游扫描到，阅人无数的他们极善于捕捉人不定的心神。

长队伍一直在动但挪动缓慢，不可能再快了。

碰一下伊恩低声说，既然队伍在动，那就是说多交钱给导游有点冤。在欧洲诸国晃荡，起码有一大半参观活动是需付费的，整体说来费用不算贵得离谱，但把所有参观过的门票费加起来绝非小数。此时为快点进梵蒂冈多付钱给导游不值。现在没下雨天还阴了下来，排排队也不是太难受。我心想，上半辈子我排的队还少么？

大太阳天或是下雨天，对意大利满城乱钻的小贩们是福音，意大利早汇聚了大量非裔、南亚人和东欧人种，从事的就是卖游客商品的小贩业。异常天气下无聊的游客们很容易走神，从小贩手上买些没啥用的物品。

满手拎着名牌提包的小贩，把围巾层层披在自己肩头的小贩，东一个西一个出现在队伍中。根据昨天买伞经验，可以断定这些名牌包绝非意大利和法国原装货，但又不敢去翻看做工如何，小贩们缠功惊人，把持不住再加上点贪便宜，不买说不过去的。

最聪明的几个非裔小贩挤进我们队伍内侧，背靠梵蒂冈高墙，左右雷达般扫射队伍中有购物欲望的人。看他们的姿态就明白他们是在躲避意大利“城管”，不过意大利“城管”通常只把小贩们撵得鸡飞狗跳闪人就够了，不会有抢夺小贩们财物的镜头。

意大利的“城管”和警察慢条斯理走自己的路时，眼尖的小贩们抄起自己的一堆东西迅速避闪，过几分钟再悄悄摸回原地来。

反倒是小贩们对镜头敏感，尤其是非裔贩子看见有拍他的相机镜头，大眼一瞪，威胁感十足。

伊恩买了份英文报纸又买了杯咖啡跟在我身后慢慢走，东张西望的我，与队伍前面的人保持距离不想靠得太近的移步。我把相机挂在脖子上，有机会就盲拍几张。

距梵蒂冈正门大约还有一半路时是十字路口，有一大堆人在路口拐角处等着过街。我一转头突然发现前面多了对亚洲年轻男女，排那么久的队我都认熟了前面一大家子的英国人，怎么会多了俩陌生人？有好几秒钟回不过神来是怎么回事，突然又明白缘由，就不客气地拉一把埋头看报的伊恩，越过这对男女站到他们前面去。

这两人滑头地站在等过街的行人中，待合适机会插队。估计他们看到亚洲人的我慢移到这拐角前又停下来，还与前面排队人有空当于是就非常自然夹进了排队中，自然得就像是他们和我是一伙的，一直排队慢慢走过来那样。

那男的为低头玩手机的女孩撑着把漂亮的黄花伞，装出很专注被手机信息迷住的样子，我留神到他们的对话，是日本人。

大家都在规矩地排队，他们这么做很无赖。虽然感觉不快但还是忍住没说什么，在超过他们时我抬起相机拍下他们的照片，这两个年轻的家伙。

墙根洼处有个男人在吹长笛，具有演奏水准，好听。奇怪的是众人移步到他跟前时竟大多下意识背朝着他，不正眼看他。他摆在地上的长笛盒里，硬币零落。

随时准备逃窜的小贩们

吹长笛的人

老墙上的铁环

长笛演奏者身边的墙体上有突出的老铁环，会是什么用，拴马桩吗？老铁环被现代人套了几把大小不一的锁在上面，傻爱人要锁住对方心，这类永不分离的愿望形式到处都是。

梵蒂冈和意大利地方政府肯定烦透了这种所谓情人锁，佛罗伦萨那美丽的桥上挂满的锁实在难看，好像已有新法规不许人再到处乱锁了，少见新锁或许就是证据。

不知不觉走到梵蒂冈进口处，看表，前后大约用去不到一小时。排队花钱买门票，不用太急着赶路，你看意大利人那么悠闲也不照样创造出各种精彩文化，引来全世界人朝拜赞赏嘛！

世界上最小的国家梵蒂冈，无论朝圣者从哪个角度看，内容大得惊人。梵蒂冈有很多地方不开放，仅开放部分时间是难以看完的。

我们决定先看雕像馆，意大利的雕塑在西方艺术史上地位超凡，雕刻大师小师的作品皆厉害，梵蒂冈藏品真多，凡是允许拍照的地方我会尽量拍，反正有数码相机壮胆，这些随手疯拍下来的资料，质量数量都远远超过过去的正规画册呢。且不说我有自己的角度和关注点，拍下很多细节，也是一般画册上见不到的。

走走停停拍过雕像收藏馆后，就顺着开放的房间挨着看过去。

梵蒂冈收藏的绘画、雕塑、壁毯、壁画、木雕、牙雕等，精品数不胜数，宗教与艺术皆令人叹为观止。

梵蒂冈建筑里有那么多天顶画，金碧辉煌的无穷无尽。

不断地仰望，近十年来被电脑年复一年强迫低垂的脖子有机会高抬，我听得见自己颈椎骨里发出的细微喀嚓声。我是不是应该搬来罗马定居？放下电脑，每周只要到梵蒂冈内巡走一遭，长期使用电脑被挤压出的满脸满脖子皱纹会大大减轻，西方古典艺术史修养也会大有长进。

跟着几百人的人流挤进了西斯廷大厅里，在这里人流缓慢移动甚至不动了，人与人之间的缝隙越来越小，仰望以及左顾右盼是大家的共同姿态，游客全在窃窃私语，朝着天顶画指指点点。

其实以现在的眼光看，都不敢相信1508年米开朗基罗是如何设计并创作完成这巨大的天顶画的。四年时间从大厅内脚手

天穹绘画直看得脖子酸痛

进入西斯廷大厅

架的设置，到构图设计、绘画全由这个神人独力完成。米开朗基罗在穹顶中心描绘了旧约中创世记的 9 个场景，气势恢宏的画面中共有 343 个人物出现，

当然西斯廷天顶画上，创造亚当那幅最为著名。亚当与上帝手指相触瞬间，象征着人类史的文明诞生，米开朗基罗画得雄浑也优雅。但从我的站立处看，这幅伟大的作品竟然不大甚

至要找一会儿才看得到。天顶距地面太远太高，直后悔没带架望远镜来。这幅画是我最喜欢的绘画之一，米开朗基罗的名字跟上帝名号同样响亮且至高无上。雕塑与绘画同时大气磅礴到米开朗基罗这份上，史上稀缺。

环视大厅，有很多西装革履的保安在严密监视游人，声音不大但坚决地制止游客拍照。只是游客实在太多，把大厅挤得满满当当的，人群中胆大的还是掏出相机，见身边一高个子男人把相机举得高高的毫无顾忌样，忍不住也跟着把相机开关打开，但不敢像他那样高举起相机，慌张中镜头朝上盲拍一张赶快收手。后来出了梵蒂冈检视自己的照片，唯独那张最想拍的创造亚当拍得胆怯混沌，仅勉强看得出裸体亚当半躺在云端伸长左臂的姿态。

梵蒂冈圣彼得广场上那些仿佛站在云间的雕像，是教会史上 142 位圣男圣女，这个广场长 340 米宽 240 米的巨大空间，两个半圆形长廊由 284 根高大圆石柱支撑，广场中间那座 41 米高的埃及方尖碑于 1856 年竖起，方尖碑是用一整块石头雕刻而成。方尖碑两旁各有美丽的喷泉喷出，是上帝赋予信众教徒生命之水的象征。

梵蒂冈的恢宏气势绝非仅凭金钱权势所能造就，虽然钱权“万能”，但达不到永生地步。梵蒂冈里上帝在，梵蒂冈里建筑在，艺术家们也在。

用一个小时排队进入梵蒂冈，再以短短一天的时间巡游，

很多人都会来此拍摄“螺旋楼梯”

我这个无神论者生出的虔诚，至今在。

附言 POSTSCRIPT

“文革”后期开始学画，是当时已经被整得灰头土脸生存无望的父亲的主意，他灰心，死活不想让我碰文字，一厢情愿觉得学绘画安全。这就是我学画缘由。

按学院派绘画传统，学画要先画石膏像。那年头舶来的西方石膏像早被人砸了个稀巴烂，没几个人还敢私藏这跟封资修有关的东西。不料还是有人说能找到拉奥孔头像，答应可帮翻石膏模子但要价 25 元。父亲和传话的朋友压低嗓子在家里悄悄讨论有无还价可能，那时候的 25 元是养活全家人一个月的要命钱，“文革”中被扣发一年半工资的父亲实在是拿不出这笔钱去翻石膏头像。

最后父亲拿不出那笔钱去翻石膏模子，可我还是学了画。在美院时画过那满脸痛苦表情的拉奥孔石膏头像。

在梵蒂冈艺术馆藏里见到那尊拉奥孔群雕原作，往事感慨涌来。

退回去几十年，我哪里可能来到意大利，更不可能进入梵蒂冈，有机会去亲眼观赏那些人类艺术瑰宝。

圣徒们的天空

梵蒂冈艺术藏品之一——《拉奥孔》

在生命之柱下转圈玩耍的奥斯陆小学生

-7 -6 -5 -4 -3 -2 -1 0 +1 +2

挪威

N o r w a y

-7 -6 -5 -4 -3 -2 -1 0 +1 +2

维格兰的人体雕塑公园

挪威的首都奥斯陆有个极特别的维格兰雕塑公园，园内有超过两百个单个和组群的，用青铜、花岗岩雕刻筑造的人体雕像。雕像风格雄浑，是挪威著名雕塑家古斯塔夫·维格兰穷尽三十年光阴完成的惊人艺术创作。

据说当时四十一岁的雕塑家维格兰于1910年向挪威政府提出请求：给我一片绿地，我要让它闻名世界！挪威政府居然同意了他的请求，果真将奥斯陆的弗罗古纳尔公园交给他由他处置。

维格兰就把自己后半生心血全部注入到这个雕塑公园上了。三十年后，这座绝妙大气的以人体雕塑为主题的公园面世，造型优美与厚重集于一身的人体雕塑艺术品从此疯魔了不知多少来自世界各国的观者。此公园果真成了奥斯陆和挪威最出名的重要景点，到了挪威的人不去这座公园散步仰视，不去看看人体公园有多么迷人的外国佬很少。

发现这信息，得益于那本旅游经典指南《孤独的星球》，翻到那页就心动了。迫不及待要去看，学过美术的我，不去见识一下那里说不过去。

奥斯陆城市并不大，地貌起伏，坡度不小的城市里很多人却爱骑车，悠闲随意穿越到城中任何地方，有利健康，行动便捷的好处很明显。在这个城市里，我还没见到几个真称得上胖子的挪威人。租辆自行车出行应该是很好的选择，不过对于不熟悉方向的外国人来说，搭轻轨电车也好，能不出错地去到城市任何地方，还能安安静静从车里浏览城市风貌。轻轨车票还不贵，一张日票 75 克朗（约合人民币 56 元），一日内持票以车代步，随时上下，满城流窜爽快得很。

轻轨在城市中弯曲穿插，那些百年甚至数百年建筑跟窄路上青春现代的路人靠得不可思议的近。坐在轻轨车上伸手出窗，感觉能摸到行人头顶，直生出“轻舟摇过好人间”的旧梦感来。

闲坐闲看，直到司机告诉我到站了。下车来，司机等我从车头前穿过轻轨线走上人行道后，他才启动前行。

实在想不通，当年许多西方国家包括澳大利亚新西兰都曾拥有轻轨电车，20 世纪中绝大部分国家居然彻底抛弃了这种交通工具，像在澳大利亚就只有墨尔本还一直保留。悉尼重新开始启用轻轨电车的历史并不太长，当意识到这种行驶规范，占用空间少还能极大缓解交通拥堵的交通工具后，悉尼已经开始重新计划扩展轻轨电车线路了。

车站斜对面的维格兰公园铁门巨大，像符号般矗立在那里，没有围墙的公园不收门票，放任游人、本地人自由出入。

是角斗还是玩耍

公园开阔,两排高大的绿树把人的视线自然引向公园深处,高于地平线的那点去。

忍不住想问身边走过的不多的游人，那些美妙的人体雕塑作品都在哪里?

我不会自己去寻找吗?此念冒出，立刻把被动呆问的傻游客形象逐出大脑，两腿自动活泼轻快起来。

北欧灰色但明亮的天空有别于澳大利亚爽朗的白云蓝天，这是种天空沉静迷人的调调。恍眼看云彩似乎轻柔简单，定睛用心观，却色彩丰富微妙，如技巧高明的水彩大师手绘而出，清淡的天色耐看好看有回味的余地。

边走边望天，那些雕塑就出现了。青铜的岩石的，各自沉稳地或站或坐，把视线抬高一点，雕像有飘浮在天空中的幻觉。

雕塑家古斯塔夫·维格兰的艺术造型风格似乎深受罗丹影

1|2
3|4

响，他的人体雕塑风格浑厚，有北欧人种特有的厚重宽阔，雕塑手段少有精雕细刻之痕，越看越喜欢。

这些大气庄严的裸体雕塑作品不带任何色情邪念。雕塑主题是古老的人类本心，说的是男女之爱，血缘亲情的反叛，爱的冲突，生命的生死，青春的消亡，与时间无助对抗的哭泣，悲伤欢笑的男人女人，没有一丝遮盖的人体雕塑质朴浑厚。

那座青铜雕塑女孩的头发飞舞飘扬，舒展如优美的旗帜。

1. 女孩
2. 仰望
3. 裸体之门
4. 围成一圈

两个快乐的身体柔软的女孩，两个最好的朋友玩倒立，用她们的腰腿架构出几何图案，构成奇妙的直线、曲线。

两组游戏的男孩们和端坐的男人们动静相形巧妙，童稚音色和成熟喉音的对比，让人联想起喧闹溪流与平缓江河。

这两个男孩抬头在眺望什么？是在看流星或气球飞过，还是仰望等候外星飞碟的到来？我的相机镜头转向那群身体还未发育成熟，跪在地上的大理石女孩儿们，活像北极冰面上皮毛光滑、活泼天真的小海豹，她们有着同样纯真痴笑的眼神；还有两个快乐奔跑的男孩，那是鸟飞过、风筝飘起都能引起悦声欢呼的年岁，是人类无忧无虑纯美童年的瞬间。

将同伴举过头顶的男子，他们也许是在玩耍也许是在竞技？还有那结实的女性在使劲蹬踹男人腰，双手用力推他头部的雕塑，这对男女，是因为爱情引起的争执抵抗？

公园群雕中心的生命之柱，由121个年龄不同神情体态各异的男女老少裸体组成，高大直指蓝天，相机能拍下整体画面，可惜没带长焦镜头无法拍下各种人体组成的精彩局部。

青铜雕塑的父与子、母与女，老人与孩童，青春与衰老的挪威人的生生死死，花开花落就此凝固下来，年过百岁的始终鲜活如初的矗立在这座公园里。

疯狂拍摄走了好一阵，渐渐放慢脚步，从一座座雕塑面前慢慢走过，再转回来左看右看。是这群男女老少赋予了雕塑以生命，北欧清冽的海风就这么不停地刮过他们裸露的肌肤。维

童稚

格斗

格兰对挪威人的内心世界和身体语言的观察真是细致，雕塑表现手法却非常大气。

真喜欢他的艺术语言放置在这样的场景里，喜欢这些艺术品身前身后的树和天空。

好多六七岁小学生们出现在公园，空气一下子生动起来。小女孩们在雕像之间跑来跑去，两个女孩爬上巨大的雕像环形基座互相追逐，突然相撞吓得尖叫也咯咯大笑，像两只跌

在外活动的挪威孩子们都穿着引人注目的外套

跌撞撞的小猫。那帮男孩子要淘气胆大得多，直接爬上雕塑玩耍。

从学校出来集体活动的挪威小孩，个个穿橘红或柠檬黄的有醒目荧光条的工装小坎肩，自己所属学校名称和电话号码印在小坎肩上。很明显，挪威人最珍爱的就是这些孩子们，被如此小心保护的孩子是不可能走丢，不可能被陌生人偷走抢走的。而这群活泼撒欢的小天使们并没有意识到，他们跟雕塑中的孩子们同样的可爱漂亮。

公园里还有群肤色不同的年轻人，他们席地而坐一圈，不难看出是新移民，来自亚洲、非洲，有自己不同的文化宗教。

可就在这个宁静的国家首都奥斯陆，曾发生过一次因挪威移民政策开放后，引起极右派人士对移民大开杀戒的惨案。

土生的极右派挪威人安德斯·贝林·布雷维克，先在挪威政府办公大楼附近引爆他装置的炸药，造成8人死亡30人受伤后，装扮成挪威警察，携枪乘轮渡登上距离奥斯陆约36公里外的于特岛，那里有执政党下属的“工人青年团”在岛上举办培养有志于将来从政的青年夏令营活动。

据说,近六百名青少年已经知道发生在奥斯陆的爆炸事件。他们完全没有怀疑到这个看上去很普通，声称要对他们做例行检查的警察。列队站好的青少年面对突然朝他们开的枪慌忙躲避逃跑，凶手朝来不及逃走的受害者开枪，朝跳入水中来不及隐藏的人开枪。

这次事件竟夺去77条生命，遇难者年龄多数在十五六岁。

当我在这座雕塑公园里，看着宁静百年的雕塑，看着可爱天真的孩子们，还有那群平和的新移民，无论如何也无法将之

青春的奔跑

母与子

与那极右杀人狂联想起来。

环视公园里的老年人们，结伴或者独自来的三两不断。有位已不年轻的女士靠着雕塑在闭目休息，她不知道她与雕塑构成了一幅更有意思的画面。我站住，抬手悄悄拍了她，马上意识到她实际上并未真睡过去，她知道对面的我在做什么，反而以不介意的姿态为我保持那歇歇气的样子。我看见她手边的两根登山杖，是那种轻便的可以收缩调整手杖长度的工具。来到奥斯陆两天，已不止一次在街上见到高龄人士使用这样的手杖，一根不够就用两根以保持身体平衡。想来他们不愿被轮椅束缚，只要自己能走动，哪怕借助两根手杖也要自己行动。身体虽逐渐衰老，但不失尊严的内心，有生牛皮的坚韧感。

心里赞叹这位老年女士的美，仿佛是从雕像群里走下来，多了些细腻与质感，多了些衣衫线条褶皱。

微雨时停时下，公园地上湿漉漉地反射着灰亮的天光。

在雕塑公园里拍照拍得不舍，回饭店的路上被没拍够的感觉萦绕。

坐在饭店高大的窗前，想来想去决定再跳上轻轨电车重返那迷人之地。在宁静夜色来临前，从头到尾将挪威艺术大师的雕塑作品重看一遍，不管天气好不好的使劲拍了很多照片，同样的雕塑在光色中果然换了容颜，幸亏又冲动地再跑一趟。

寂静的公园只有风声和鸟声，巨大的人体雕塑色彩暗了几度，剪影更加迷离，夜渐寒冷。

附言 POSTSCRIPT

第一次看真实的男女裸体，当然是进四川美院后的事了。画人体是美院学生的必修课，学院请来些男女做人体模特儿，夏天脱光衣服比较好办，教室里有风扇就可降温。冬天，则必需烧盆火给模特儿保温，所以教室一角总有一堆焦炭，同学每天轮流值班点火，照顾火盆。

当然，不论冬夏，画人体模特儿时教室门都是紧闭的，一屋子十来个穿着衣服的男女学生和一个光溜溜的模特儿。

1978 年的中国还非常封闭，请来的模特儿不敢公开来美院的实质，瞒着家人偷偷当模特儿是常情。社会上对美院学生画人体也议论纷纷，但私下里更多的是好奇。

记得有一天上人体课，画到中间时段突然觉得异样。抬头张望，看见门上的小护窗上有两颗平头顶和四只惊恐圆睁的眼睛。我们在教室里一喊，听得门外椅子倒地巨响，夹杂冲下楼去的慌乱脚步声，几个男同学追出去却没追上。不知是谁忍耐不住想开开眼界吧。

在奥斯陆的人体雕塑公园里，看这些百年前雕刻的人体，不相信谁能看出一丝色情意味。

奥斯陆一日

奥斯陆这个城市真是很特别的宁静，淡淡的气质跟地理世界尽头的小国新西兰有一比。

奥斯陆人的礼貌和好脾气也让人难忘。

那天我过斑马线时，一辆出租车飞快逼过来，我转头看司机一眼，意思是质问你为什么不让我？那司机停车把手伸出窗，指指斑马线对面，抬头一看，我好惭愧，原来这条斑马线前是有信号灯的，我不知道自己闯了红灯，错在我。但那司机没猛开过来“碾杀”我，没骂人也没按喇叭泄愤发怒，仅仅是手指

奥斯陆的有轨电车

春季依然清冷的街头，已经迫不及待亮出夏天来

点拨我一下，也许他一看就知我是初来乍到的外国人吧！

奥斯陆大街的交通相当繁忙，很多路面是轻轨电车与普通车辆共用。弯曲的路面不宽，开车不易，行人所用的街也多窄，一路看去，司机们对过往行人的礼让很体贴。

这座城市有大量百年的高大建筑，也有不少摩登但并不过分张扬的近代建筑。买张地图展开看，城市非常的小。可再小的城市对我这个几无方向感的人来说，找北依然难。手头的简易地图很清晰地标出了四个方向，我们住的饭店就在城中心码头附近，是去哪里都很方便的位置。地图上弯弯曲曲的街道标线顺势看过去，几下就晕了头。只能死记硬背，强迫自己记清我所在的地图方位。

挪威美术馆一定要去，也是一趟车就到，下车不用走几步路。

国家美术馆在城中心地带，急匆匆进美术馆后先问警卫是否允许拍照，答说只要不用闪光灯，欢迎拍。离闭馆时间仅有

爱德华·蒙克的作品

两个小时，抓紧看赶紧拍吧。

19 世纪建筑的展览馆，展室迷宫般间间相通，稍不注意就会转回看过的展室。挪威近代油画作品的技巧画法不输其他西方油画大国大家之手笔，最让我兴奋的是见到了馆藏的蒙克全部原作，包括那幅前不久曾被盗、又失而复得的蒙克原作《尖叫》，在新设置的严密安全保护下重新挂回展墙上。拍照时想笑：要是原作再被偷走，大声尖叫号哭的就该是挪威国家美术馆，国宝再丢不起了。

看油画原作有说不出的愉悦，脑袋里曾有的印刷品颜色顿时土崩瓦解，从原作看得清笔刷过的痕迹，色彩的微妙过程，看得到那些神来之笔精准或随意的描抹，如同看绝世美人看得人神魂飘荡。

19 世纪 80 年代初曾去广西桂林看过一次挪威作品展。穷学生没钱住旅店，忘记是哪位朋友的朋友认识桂林文化馆的美工，一帮同学找上门去，不知怎的就说动了他。那人真的收留了我们这帮学生，在他小屋或画室里胡乱混一夜，第二天抖擞精神去看画展。

那是我第一次见到西方油画、木雕的原作，第一次见到真实油画上的笔触痕迹，见到挪威画家笔下的海洋和望海人寂寞的背影。记得特别喜欢那组小木雕，刀劈斧砍粗犷的人物、动物造型动人。那次画展上似乎没有蒙克作品，在那个年代里能见到印刷品就不错，哪怕色彩可能完全印走样。

数码相机拍下的画作即使色温有所偏差，也远远胜过以前国内质量极差精度不够的画册。

进展览馆时室外正落雨，雨天泡美术馆绝佳，何况我又没带雨衣。泡到美术馆关门，出来时雨也停了。在路口看过地图再张望，没想到挪威皇宫、美术馆和我们的饭店几乎是三角关系，三者近到只有短短几条街的地步，特别是从皇宫到我们住的饭店，居然近到只有半条街的距离。

过挪威大剧院再拐去皇宫的路，短短一天半时间里，我经过城中心公园好几次，怎么就会忽略了挪威皇宫？这不等于是已经在故宫附近转悠一圈，还是死活不知故宫大门朝哪里开一般荒唐。

公园的路慢慢走高，挪威皇宫真是不那么起眼地坐落在顶部。皇宫前不算大的红砂铺成的圆形广场，极简的皇家广场上人可以随意走动。

眼前的这座皇宫建筑庄重但不豪华，就是幢线条简练的高大长方形楼，没有英国白金汉宫的富丽，也无卢浮宫的华贵奢侈。高大皇宫两侧还有脚手架搭起，电锯声敲击声从建筑内部传出，是为某个节日活动做准备？我不知道，随意在皇宫前的广场漫走，注意到广场中央高基座上的雕像，就想看看是谁立在上面。

才迈出几步，余光发现皇宫卫兵开始换岗了。五个卫兵严肃地从皇宫右角走出来，走到门岗卫兵前，立正敬礼、换位。换下的四个卫兵随长官列队一二一地走到皇宫左边大铁门前，最后一名士兵换了岗，侧身按岗亭内壁上的电子按钮，士兵们

正在装修的挪威皇宫

走正步的女卫兵

皇宫前的年轻卫兵

消失在开启的大铁门后，换岗仪式结束了。

加快步子想追上他们，还是慢了点，跑动中拍到卫兵远去的照片。

近看左边大铁门边的卫兵——年轻帅哥一枚，我用英语问：可以拍你吗？卫兵不语，但眉眼微笑。我就不客气地对他左右开拍。拍完了还不过瘾就往皇宫右面走去，中央正门处是两位男卫兵，最远的右边却是位好看的女兵。

还没走近他们，只见正门原本立正不动的卫兵们，已开始沿着与皇宫平行的方向左右正步来回走动，而那女兵移动的方向则与皇宫成直角，女兵走到一定位置就转身走回皇宫方位。好玩的是且不管她朝哪个方向走，她的头部视线始终注视皇宫正面那两位平行线走动的卫兵们。听不到口令指挥的卫兵如木偶，仿佛被隐藏在幕后的艺术家提着线精确操控，呈直角的线性步子有瑞士钟表般的精确完美。

皇宫旁的池塘

水仙花盛开的路边公园

远观欣赏他们好一阵，计算出卫兵们立定大约15分钟时间，然后左右走动两分钟。卫兵的立定、走动节奏设计很人性，在寒冷的冬季他们可以有规律地活动身体。

皇宫即使不装修也进不去，宫殿要夏季才对游人开放。皇宫右面是公园，草坪美观，池塘清澈，几只野鸭子滑进我的镜头，水波平滑。这时要是挪威皇后皇帝走出来在湖边喂野鸭，大概我也不会觉得意外，皇宫跟民间近在咫尺，世界上没有几家皇族住得如此亲民。

皇宫后面属于皇家的花园不大，整体面积比我猜想得还小。随便挑个英国贵族建筑都比挪威皇宫要气派。皇宫后院的铁门虽有岗哨但不森严，我端着相机探头探脑的拍卫兵也没人干涉。奥斯陆人来往经过这一带，完全是把这里看作城中心一条近道来对待的。

晚上回饭店再翻开那本《孤独星球》挪威部分看一眼，事先不做功课的人遗憾了，一周后的奥斯陆皇宫前，当地人会穿着传统挪威服装到皇宫广场前聚会狂欢。皇宫就是为这个国家节日而装修的，错过挪威的盛大民族节日后悔不及。

在奥斯陆还留下一个遗憾，是没去挪威法院旁听一下正在进行中的奥斯陆大屠杀狂徒的庭审。我在挪威的两天，当地电视台不断报道庭审现场消息。时间不够了，也去不了城里的爆炸地看一眼。那凶手也很年轻，怎能残忍地大开杀戒，枪杀那些与他无冤无仇的青年？

奥斯陆平和宁静，街头阴雨中的上班族还是秋打扮。挪威年轻人普遍身长，一米八左右的算普通高度。街上有很多好看的北欧人，我戴上太阳镜就可以肆无忌惮地乱看。

附言 POSTSCRIPT

北欧小国挪威曾离我非常远，是毫无地理概念的远法。但这个小国的画作、文学作品有时又离我很近，常听国立剧专毕业的父亲和他的同道们说起易卜生和他的《玩偶之家》。成年后上美院，画家蒙克的《尖叫》与格里格清澈也阴郁的旋律在重庆黄角坪美院时空中交替，挪威特有的那种清冷，那种激烈的画面立体起来。

格里格的《挪威山区民间曲》《挪威民间叙事曲》《贝尔金特》大多是在读大学期间接触到的，深深记得某些音乐片段，那种奇妙气势与哀伤，那种清亮阳光的透明，让长江黄河边上的我战栗。但那时候的我，还是无法想象奥斯陆大屠杀会出现在这个北欧国土上。

来到平静的奥斯陆，百感交集。

被吉普赛小偷盯上

要离开挪威了。

按计划我们从奥斯陆城里乘轻轨电车，再转乘高速列车去机场。奥斯陆机场离市区相当远，乘高速列车比搭乘出租车更便捷。我们住的饭店附近就有城市轻轨电车，只需两站就到列车站。

寂静的码头一角

动身的早晨收拾好几件行李，一路咔嗒作响拉去主街的轻轨电车站台，不少欧洲国家都喜欢用这类小石块或者由小石块组成的地砖筑路，拉杆箱的硬轮声太招摇。

轻轨站台上等车的人稀稀拉拉有十来位，多数是带着小包的本地男女，我们的游客身份非常显眼。

把拉杆箱放在脚前站定，那时的我们完全没想到真遇到了传说中厉害的欧洲小偷，被盯上还不自知的我们毫无警惕。

有轨电车还没来，左右张望的我无意中瞟到一对个子极矮小的男女，跳下对面站台从轨道上走过来，上站台离我右边五六米的地方站住了。

这对男女有吉普赛或阿拉伯人微黑的面孔，两人眼神很静很专注地朝我看。

注意到他们是因为他们的个子很矮，那男人比我还矮几公分而且精瘦。挪威满街高大人种，我这般个子完全是小人国公民，突然见到比我还矮的男人，就本能地多看了他们两眼。

有轨电车无声地出现在街角，滑行到车站停稳，伊恩和我欲从前门上车。一个拿拉杆箱的人突然斜插到伊恩前面，伊恩很自然地让他先上，我则跟在伊恩身后，右边那对矮个子男女紧随我也上了车。

把车票往司机边的扫描器上晃一下，我们继续往车厢深处移动。伊恩前面那人走几步停下来，他的拉杆箱堵在他与伊恩之间不宽的过道上，这人转过身来面朝我们站着不再往前移动了。伊恩也停住，伸手拉了车厢顶悬挂的拉环站稳，朝车窗外闲看。

两截车厢里的人基本上都有座，就我们这拨互不相干的五个人站在过道中间。

车厢顶上的扶手太高，我拉住旁边座椅上的小扶手侧身站立，拉杆箱顺势留在我身后，于是那对矮个子男女被拉杆箱挡在了我后面。

戴着太阳镜的我能很方便地，以居然还有点俯视的角度瞟上这对男女几眼，确信他们是成年人。

这对男女的眉毛很黑，有点弗丽达画的那种黑眉毛男女形象。

漫不经心的我猜他们这么早出门，去上班吗？这对男女也看我，眼神并不游弋，很专注。

不知为什么觉得这种眼神有点奇怪。

突然想起离开澳大利亚前有朋友说起过他们在欧洲旅游时被偷，以及看见别人被偷，还险些被假警察连吓带骗地交出他们的银行卡，并差点就说出银行卡密码的惊险故事。这对男女的眼神让我心里咯噔一下。

转头看身边的伊恩，他还在出神看着窗外。

这次来奥斯陆他是公差在身，所以带了正式西装。公事办妥，不好把西装塞在软背包里糟蹋，正巧这几天挪威较冷，西装就穿在身上。这时他的西装敞开没扣扣子，露出里面的绒夹克，大背包下面的扣带束紧在绒夹克下摆上，钱包内在位置几乎一目了然。出发前他把鼓鼓囊囊的钱包放在夹克里面口袋时，就提醒他最好把钱包给我，放进我相机背包里。但依他的习惯，他觉得毫无必要。

四人中间站着的我朝两面扫了几眼，背上一丝凉气悄悄升起，脑袋里一片空白但有那么一小片脑皮层醒过来，警觉如猫。

慢吞吞的轻轨电车开过两站，到列车站近处了。

我示意伊恩从前门下车，那瞬间发生的事简直像电影画面突然提速，我身后小个子男人不知怎的，飞标一样嗖地越过我，眨眼就站到伊恩和我中间，看上去仿佛是他要给我让路，但实际上是堵住了伊恩，犹如那女的留在原地堵住我一样。

那女人还直盯盯地看着我，事后回想起那眼神，怀疑她在用眼神催眠我。

也就两秒钟我转头再看那小个子男人正与伊恩有擦身而过的动作，窄过道上两人斜错开的一瞬间，他们各自挡住了左右坐着的乘客的视线，仅我能看得见那只微黑的右手探出，正伸向伊恩西装下摆里边。

我不假思索地大叫一声："伊恩，小心你的钱包！"

那只手缩回的速度之快，伊恩无丝毫察觉，不知我为什么大喊。伊恩朝我挤过来，车厢里坐着的男女们也朝我看，神色惊讶茫然。

气呼呼的我从那女人身边挤过，拉着行李从前门下车，伊

挪威橱窗里有股说不出的北欧味

恩也跟下来。靠车窗的几张面孔还不解地朝站台上的我们观望，没人知道到底发生了什么事。

我朝着伊恩略带怒气：那三个人是小偷，差点偷了你的钱包！伊恩却平静得像与这事无关，嘀咕不信。我有点气急败坏了，解释刚才看到的过程，说那只黑手已经伸进你衣服下摆要掏钱包。伊恩却说小偷的手伸进衣服来也偷不走钱包嘛，说钱包放在衣服最里面的口袋里，大背包的扣带把绒夹克下摆扣得很紧呀。

哼哼，不肯认栽的人。

跟这个男人生活这么多年，我知道他是那种很少疑心，更不愿意从坏处猜测他人心的，这样的人我在澳大利亚常常碰到，男女皆有。这老兄把钱包丢在办公桌上忘记拿走的事常有，每天晚上清洁公司的工人必定是要去打扫卫生的。等睡觉前想起来已经困得没精神回去再找，可第二天去办公室一看，钱包还在原处，里面钱卡皆在。还有几次取现金，拿出银行卡后顺手就把钱包留在取款机顶上，后面取钱的人捡到钱包，不是直接按他钱包里的名片打电话让他去取，就是交给附近的银行请他们转交失主。老兄干了这种丢包傻事后也惊，但自嘲几句后很快就忘了。

澳大利亚当然绝非君子理想国，偷盗抢劫不缺，最惨的一次是多年前在城中心，夜遇几个半醉青年，拦住他硬把他的钱包抢走。可几十年细数下来还是遇到的好人多，偶尔糟心一次，他硬是没有警惕防范的心理。

那么我呢？难道是我在国内的生活环境和经历，令我全身的敏感细胞发达茂盛？我从小就马大哈，迷迷糊糊、丢三落四。但同时我的本能厉害，通常身手敏捷，类似这样的经历有过好几次。

后来回成都，把在奥斯陆遭遇小偷的故事连比带画说给朋友听，换回一片啧啧声。朋友说我胆大运气好，这是在国外，要是在国内公车上遇到小偷还敢这么叫唤，他们的刀子也许就顺过来了！

听人这么一说，我不得不承认，确实是运气好。

附言 POSTSCRIPT

我曾在国内的列车下铺，半夜被贼惊醒。突然醒来的我，一言不发看着贼人直到他迅速站起身来离开。那贼白天就盯上我，是因为我带了只沉重的箱子。他根本想不到的是，箱子里是我的散文集《风筝飞过伦敦城》，而别无他物。

那次遇贼经历，碰上的是雅偷而非恶人。

外出旅行最头痛的就是安全问题，没被偷被抢的旅行堪称完美，但有过被贼人盯上又还没被偷着的经历，就是惊险加好玩了，至少事后写下来很有趣。

遇到贼人无言还是大叫，全在一瞬间的判断。

没被偷着就是好运。

广场草坪上的艺术镜面折射出一角景色，此地寸土寸金

-7 -6 -5 -4 -3 -2 -1 0 +1 +2

摩纳哥

Monaco

-7 -6 -5 -4 -3 -2 -1 0 +1 +2

摩纳哥的穷人住在哪里?

路过法国的尼斯和坎斯都没停下，直捣摩纳哥公国去。

这小公国扑面给我的感觉是街道太狭窄，窄到跟新西兰首都惠灵顿有一比的地步。这座美丽城市的平地不多，尤其是临海的富人区皆在维多利亚山体上。那一带道路曲里拐弯，寸土寸金的山路上，路边还停着许多车，过往的车慢慢开过，那可真是技巧。摩纳哥公国的道路太窄，但到底是公国，主要街道还不至于羊肠细到惠灵顿维多利亚山间道路的窄法，但游客想要在这小公国里，找到类似中国北方城市常见的方正宽敞成直线的街道，绝对是梦想。

公国里的建筑密密麻麻，街道狭窄，可还是让我心生欢喜，爱看这种建筑群在狭窄的地方巧妙出头，互相照应。建筑之间并无逼迫感，反有腰板笔直气，个性十足的外观结构和明快色彩，透出摩纳哥人对色彩的敏感及水准，建筑在色彩渲染下明亮却不过分喧哗。一路开车到处赏心悦目。

来摩纳哥公国自然要去大名在外的蒙特卡罗赌场看看，但进赌场前得先找地方把车停好。对我们这样的外国人来说，在

法国和意大利中间的小公国快到了

指向公国的路标

小街路边找到停车位的可能性低于零，不知底细不懂公国的交通规则，乱停车被罚款或车被拖走是最不堪的事，唯一可行的办法是去停车场停车最安全。

这一路的室内停车场全是窄窄小小，停车场的旋转车道窄得很不像样，没想到我们从法国租来的车如此庞大，车内自动警告系统被旋转车道搅得哀号不断，让人胆战心惊。好不容易上下盘旋不知几层，找到空位把车小心挤进去，走出停车场，赌场就在附近。

停车场下面的海边步道是条很新的路面，有长串铜板浇铸的名人脚印和签名，是世界体育明星的。随意看几眼，错把一双脚印看成麦当娜的，正觉得那脚印有点太大，再看，原来是马拉多纳的嘛！摩纳哥虽小但热爱体育，在小公国里年年举办的 F1 赛车世界有名，这个小国的足球队也大名鼎鼎。

阳光下的地中海如此静美，苍穹蓝天上纵横交错的飞机尾气白线，浓淡如笔画，还是第一次在密集城市里见到如此奇妙

狭窄街道旁的楼房，价高到离谱

阔达的天空景观。

从停车场走去赌场居然要几十分钟，没想到进赌场不要护照复印件，但要交10欧元才能入内，还不许在里面拍照，相机要装包寄存。

赌场外观那么辉煌，里面其实看不到太多内容，偌大金碧辉煌的建筑内仅有两个厅对普通游客开放。衣冠楚楚但蛮力的保安们虎视眈眈把住一个厅的门口，那是豪客们玩要的地方，普通人连探头的可能都没有。下意识摸摸自己扁平的钱包，抑制住往那神秘门口窥视的欲望。摩纳哥赌场对小百姓不感兴趣，安全又保护隐私的服务让世界级豪客们专心赌博，那才是赌场的热点。

开放的赌厅里有几桌人在玩24点，约30台老虎机分列几排，静悄悄的，全无美国、澳大利亚赌场里老虎机惯有的那种嘈杂音响，机前玩要的人没几个。

老街区

转身走去酒吧大厅点两瓶啤酒，酒保送来酒附带一小碗坚果，纸巾架子精巧，纸巾折叠得很艺术。半躺地坐在宽大沙发里啜冰啤酒，偷眼看右边一老年妇女在独自品白葡萄酒，左边那对年轻情侣窃窃私语头靠得很近，完全忘记他们小桌上的酒了。对面沙发上那老男人目不转睛看赌场电视播放的赌技节目，酒瓶空了就勾勾指头让酒保再送一瓶。最后进来一对打扮入时的亚洲情侣，点了橘汁和冰激凌在我们斜对面坐下，漂亮女孩翘起小指端起橘汁，拿腔拿调的在跟那男孩撒娇。

抬头望，酒吧大厅天花板和整个赌场空间高大，天顶壁画太过奶油艳俗，天花板与墙面交界处装饰有裸胸女像，长边 12 尊，短边 6 尊。欧洲艺术裸像本来常见，这种缺乏个性趣味的胸像到底是赌场而非皇宫，这么想来品味就正常了。

来此消费的人似乎身上有股无形压力，玩的人看热闹的人皆面无喜色，连在酒吧里喝酒的人也喝得静悄悄的。小公国的赌场里自有一股金钱高压气，无形且大力压迫着闲散游人，走路都有点蹑手蹑脚的不自在，也许是我的错觉吧！

小碗坚果随啤酒见底就打算起身离开了。经过那不动声色的老虎机大厅时，还是没忍住小赌一把，掏出张10欧钞票放进老虎机嘴去，一按，小钱迷迷糊糊就走掉好多，完全不动脑子地张开五指上下乱点，哗一声响，全钞覆灭快如闪电。傻眼了的我满脸傻笑回不过神来，原本想要悠着玩几分钟的机会没了，伊恩很坚决地拉我往外走，不许我跟机器较劲。

蒙特卡罗赌场外面的阳光明媚，摩纳哥F1大奖赛马上就要开始，赌场门外的街道即将变身为疯狂的赛车道，工人们已经在大街上开始安装防护墙。

街上停有好几辆不同颜色的法拉利豪车，不知是在做广告还是巨富人家有在大街上停车的特权，从赌场里走出的游客们、街上络绎不绝的行人中，总有几位会停下来，站到别人的豪车边与之合影留念。

从蒙特卡罗赌场前的花园广场穿过，去附近的街上转转，广场花园很整洁，花园里居然还栽种了被澳大利亚华人戏称为奶瓶刷子花(Bottle Brush）灌木，看得我们澳大利亚人很是亲切。

走上街道，楼上是公寓楼下为商店的建筑沿街排开，不少房地产公司的橱窗挂着房产信息，小公国的房地产价格高得吓人，一个一室公寓要价上百万欧元？七八百万欧元的公寓照片

1|2
3|4

1. 名车上的倒影

2. 过往行人与名车合影留念

3、4. 停车场里名贵老车一辆接一辆

看上去真是动人，可有多少人买得起这些公寓呢？更别说别墅了。再说买得起这房子的人，一定还要面对其他种种高物价。看样子，小公国里有自由市场的可能性不大，巨富公国的居民会去自由市场为把小菜讨价还价吗？

进入摩纳哥公国那阵就很想在这个国家里住一晚，无奈我们已提前预订好下一个住处了。

回停车场取了车，一不小心就在主城后面的小街上迷了路，伊恩按他的直觉上路却开错方向，上了条只能勉强过一辆车的窄路，那是在城边缘峭壁上的小路。这路上，还不时冲出辆宝马大奔，豪车猛冲急刹，一副熟门熟路不怕事的劲头。

于是打开 GPS，转上大道掉头上了高速公路。一上路盘桓到一定高度时，发现路边弯道处有块地方可观摩纳哥全景，那是家高级饭店的门口，能俯瞰摩纳哥公国。

只有大约两平方公里大小的，三面皆被法国包围的摩纳哥公国没有军队，仅有数百名警察维持治安。以博彩、旅游和银行业为主的小国，靠没有个人所得税吸引了来自全世界的富裕移民，成为他们的避税天堂。自蒙特卡罗赌场 1865 年建成开业，摩纳哥这个世界上最小的富国，如今已成为世界上人口最稠密的国家，以至于摩纳哥人成了自己国家的少数民族，而法国人意大利人和其他 125 个国家的人种混杂成

坐落在海边的世界第二小国

的神奇小国，彻底变成满街富人的国度。

脑袋里突然跳出念头：摩纳哥这国家需要大量的蓝领阶层，服务业是支撑起这个国家的关键，需要无数的清洁工、搬运工和侍者。

但这些看不见的摩纳哥清贫阶层能住得起这昂贵的公寓吗？

如果我观察猜测得没错，摩纳哥的有房穷人可能早就卖掉他们的房子成为不算太富的富人。没有房子的工薪阶层们，大概就只能在小公国几公里外的法国意大利农村安居了吧？

附言 POSTSCRIPT

澳大利亚政府为本国低收入的“穷人”建的政府房，在大城市每个区域内皆有，包括悉尼最好的社区、地段及海边。政府房的建筑样式可能简单，但该有的卧室、洗手间、厨房、客厅，啥都不缺应有尽有。我认识的一些华裔老人就住在这样好的地段好房子里，每周只需从政府发给他们的数百澳元福利中拿出大约 25% 的钱就够缴房租了。

澳大利亚无疑是真正的高福利国家，只有在这种社会制度下，这样的政府才会关注到低收入者能否正常有尊严地生活。在高尚区域内建造政府房，为那些贫穷家庭提供了只有富裕人家才能享受的居住环境。

富国摩纳哥的穷人未必有澳大利亚穷人的好福气，至少在住房上，还是澳大利亚人好命。

傍晚的塞纳河

-7 −6 −5 −4 −3 −2 −1 0 +1 +2

法国

France

-7 −6 −5 −4 −3 −2 −1 0 +1 +2

巴黎琐记

飞机降落巴黎前，从舷窗外看法国田野，美极了，简直像盆内容色彩丰富的蔬菜沙拉，当飞机倾斜转弯时，视觉感尤其强烈。法国田园的美与对称无关，多变而不杂乱，缤纷生动的线条边界分出主属关系，也有点像中国七巧板。从空中俯视，法国农民精耕细作的本事和色彩感跟法国印象派画家有一比，这是天生的敏感。

早知法国的飞机制造业、时装设计、酿酒业、文学诗歌、音乐绘画、自行车运动、美食等诸多领域世界闻名，但没想到法国农村的色彩也如此动人。问旁边的法国人，那人很骄傲地说法国土地肥沃，是欧洲大陆上自然地理条件最佳的国度。法国还是世界上工业化程度最高的国家，但二氧化碳排放量比发展中国家还少。这个有 28% 的国土被森林覆盖，有 9 个国家公园 46 个自然公园的小法国，上述的所有骄傲都基于这样的土地。

过去总惊讶印象派画家们的色彩灵感从哪里来？看过法国田园光色，两者的关系恍悟了。

俯瞰巴黎地面的
美景

把饭店预订在巴黎四区的拉丁区，就是为了方便“好色”一番。

半明半暗的地铁跟地面上明媚的巴黎反差很大，地图指示饭店方向看上去不远，但在大热天下拖着行李步行，心理的承受力迅速降低，再加上旅行伊始右臂就莫名其妙时时作痛。在飞机上俯视法国的好心情，被石子路面磕磕绊绊得一点点销蚀。

好容易走到那条小街口，饭店门口完全被脚手架包围，正在大装修，怎么可能住客？从楼梯旁的小屋里走出个胖女人，英语发问对她形同鸡鸭讲话，全无沟通可能。没办法的她拿起前台电话哇啦啦对谁嚷叫一阵，再把电话交给我们让我们跟电话那头的人说。电话那头的经理说这饭店装修，已将我们的预定转到他们的姐妹饭店去了，还说邮件通知了我们。可我们的澳大利亚邮箱一出国门就无法正常使用。饭店经理告诉我们去姐妹饭店的走法，不远，可以走过去的。

离开前想借用一下饭店洗手间，胖女人这次听懂了，领我走上塑料布铺盖的楼梯上了二楼，打开一间已装修好的房门让我使用。

房间不大窗户面街，室内陈设简单但非常雅致舒服，法国人玩色彩很有一套，哪怕是在小饭店里也能铺设出 20 世纪初如画的情调来，可惜无缘住在这里。

出门右转左转，说是五分钟路程结果十五分钟才走到。

姐妹饭店要比原先预定的那家大很多，有点堂皇。大堂接待的法国美女英语流利，办好手续领了房卡，推着行李挤进那种法国电影上见过的小铁笼电梯，去二楼。这一路走来巴黎老建筑遍地，百年或数百年历史的老建筑一幢接一幢。这家饭店内部装修过，整体原始结构还是没大变的，尤其是电梯间，绝对是见缝插针的过去存在式,精瘦也精神的四五位法国男女挤进去不成问题，要是换成常见的身高体积庞大的美国人，电梯最多能塞进两位。

房间的洗手间麻雀般小，却五脏俱全。双人床周围的空间

巴黎食客多如牛毛，餐馆咖啡店从早到晚的热闹

还是紧巴巴非常有限，把行李贴墙根放好，冲澡、换了干净T恤就过街去对面小广场上找吃的。小广场周边好几家餐馆，半露天半室内的空位子很少。再定神看，广场喷水池后的宏伟建筑原来是巴黎大学其中的一个大门，怪不得餐馆里人气旺盛。反正也不知道哪家餐馆的菜肴合口味，就随便找家顺眼有位的坐下，还是先点冰啤酒，大热天要放松。

法国人似乎生活在咖啡馆里，周围很多人一看就是坐了好几个小时的主儿，眉飞色舞地聊天，根本不关吃喝什么事。近旁的老男人点头示意招待为他端来小杯咖啡和一大瓶水，然后就极放松地读报纸。瞥见他一张张报纸从头到尾览过，喝一小口咖啡，掏出手机玩，偶尔抬头看看身边走过的学生，大有要在这里晒够太阳才回家的意思。看看手上菜单，咖啡 2.5 欧元一小杯，水免费。

路边餐馆最动人的地方是这种欢迎闲人食客随便坐多久的

气派，只要客人点一杯咖啡就行。露天座位的椅子是朝外摆放的，跟过路行人有种很妙的互动关系。一枚帅老头几位美女很有神采地坐在那里，行人脚步会放慢，互为景观中，这生意做得很美也很符合人性心理。

吃罢沙拉喝光啤酒，有力气走路了，在先贤祠沿弯曲的小街上随意走。

卢森堡公园里，草坪上有可以自由搬动组合的椅子，独自地、成对地坐满了晒太阳、读书或谈情说爱的法国大学生们。很多各种年纪的法国男女也在这里，放松享受着春天的阳光。

那天晚上却热，我们房间的空调还坏了，吹不出凉风，更糟的是窗外有组大抽风机，整夜噪声。好容易熬到天亮去前台抱怨，请工作人员调换房间。春天的巴黎已近旅游高峰期，地段好的饭店大多客满，这种有毛病的房间来不及修理也要塞客人，我们要等到中午别的客人退房才能换。这家巴黎人开的饭店三星级，要是游人自己撞进来住一晚要 300 欧元，我们提前从网上预定 120 欧元。开始我还以为是淡季价格，来了才发现已经到旺季了。我们就猜，饭店大概是因为我们网上预订得便宜，又是从那家小饭店转过来的，自然不会主动给我们好房间。可向前台打听两家饭店的主人时，她说是一家人的生意。

中午换到安静临街的四楼房间去，打开阳台门看下面干净的小街，摩托车排排站的巴黎车景。对面的大楼里住了不少巴黎大学生，漂亮女学生就坐在顶楼窗口上抽烟与室内人聊天，

巴黎大学

街头歌手，说不定明天就是大牌歌星

看得有点担心，怕她掉下去。

巴黎真是美还很好玩。去了火车站美术馆，里面藏品丰富但不许拍照，只能在门口和展厅拍几张照片。

圣沙佩乐教堂，蓬皮杜中心，巴黎圣母院和圣心大教堂，卢森堡公园都在拉丁区附近。去圣沙佩乐教堂和蓬皮杜中心，累得贼死。圣沙佩乐教堂是座半废墟但令人惊叹的地方，就在饭店不远处。保存下来的部分建筑里有很多展厅，收藏了不少有艺术和历史价值的石雕、木雕、圣像等宗教物品。不大的地方，也要花好长时间参观，直到关门铃响都看不够。

巴黎圣母院有点非去不可的意思，一见到圣母院前那么多人在排队，就只剩随人流在昏暗的教堂里面走一圈的力气，顶楼是爬不动了。

倒是蒙玛特非去不可，换两次地铁升上地面后马上发现这一带与拉丁区非常不同，街上店铺和路边摊子卖的全是便宜货，戴着头巾蒙着面纱的阿拉伯女人飞快地翻找中意的货物，热辣的阳光下骨碌碌转的眼珠子很惹人注目。

蒙玛特高地是潦倒艺术家的传统地盘，毕加索当年也在此混了好些年，现在已经商业化旅游化到极点，世界游客支撑起当地的商业，到处是热闹喧嚣。

阶梯上都是游人，坐着站着歇气，东张西望。人太多甚至找不到安静的地方休息。

决定去爬圣心大教堂塔楼，费用好像是 8 欧元。

234 级环形阶梯令人感觉像是在一根石头肠子里上行，越往上走越窄陡，眩晕得利害，喘着粗气，腿软地一步步爬上去，有些铜扶手摇摇欲脱，白墙面上的黑手迹浓重的地方，磨出令人惊叹的色彩。爬上塔顶心力交瘁，扶墙定神还没喘过气来，视线已被塔楼窗外的景色迷得不知往哪里看好。听任凉风吹拂。圆形的塔顶，拱形的护窗被外面的灿烂阳光对比出暗重的阴影，整个巴黎老城就在眼前，画卷般在眼前徐徐展开。

蓝灰色屋顶在大地上无边无际开放如花，层层叠叠远去的老建筑老巴黎典雅得美不胜收。

转够了往下走，眩晕着走回地面，犹豫一下没进教堂。

教堂外的广场阶梯上人还是那么多，黑人小贩把一方布摊在地上，上面一堆用细绳拴起来的塑料巴黎铁塔、凯旋门之类的廉价货。他们发现法国“城管”远远过来，一把提起布的四角也不跑远，看看没动静又回老地方做买卖。我抬起相机，那黑人瞪眼指着我说不准拍，哼哼，我还是按了快门。

夜巴黎

玩火者

几步外很多人在仰望，原来是有人站在直径不过几公分宽的圆柱扶手上表演球技。那只足球就像是胶粘在这个人的脚上，他随便抛起再用脚背接住，脚背脚后跟腿上哪里都可以停球，球掉不下来。光是站在那狭窄光滑的扶手上已经很厉害了，下面石阶陡斜，这人要是失足，头破血流比球还要滚得远。可老兄却在栏上自如地转身玩球，一翻身爬上旁边灯杆上，球始终在他脚上腿上手上跳来跳去，毫无掉下之意。待他下来英雄般受人崇拜，不断有人要跟他合影要他的签名。

几天中疯走拍得多，回饭店后常常已没了力气，最多在电脑上写几个字，把照片赶快倒进移动硬盘就往床上靠，电视没看几分钟已经睁不开眼睛了。

在巴黎不能不说吃，跑到法国还要去找中餐馆的人在我看来是犯傻。

记得在饭店旁的小酒店买法国酒时，问店员哪家饭馆不错？他推荐了他自己常去吃饭的餐馆。法国人的晚餐一般七点才开始，点了啤酒慢慢喝，等到晚餐上桌，果然好吃。我们没点正餐就要了两道头盘：鹅肝配白芦笋、烟熏三文鱼配生菜西红柿沙拉，加上美味的法国面包，那天的晚餐好吃极了。

另一个晚上去了先贤祠旁边小街上的一家饭馆吃饭，那是头天路过时发现好大一群人在喝酒吃饭聊天，看样子就是巴黎大学老师和学生，气氛十分的好。没预定但还有座位，是室内墙角边小得不能再小的吧台餐位，坐下就站不起来。老巴黎的很多饭馆都这样，街老餐馆小但厨师出色，食客天天拥挤。

菜单拿来，看不懂法文。女招待说一口美式英语但单词量不够，很多菜都翻译不过来。

无奈中，伊恩点了煎牛肉，这道传统菜不至于很差。我则听信了女招待的推荐要了她口中的法国人最爱的一道菜。菜端上来一看，是团鼓鼓囊囊的大牛腰子！好在我从小就吃这种骚东西，不然怎么下得了台？伊恩护住他的那盘煎牛肉一脸坏笑，不肯让我染指他的美食，气死我。

伊恩突然问一句："你喜欢巴黎什么？"我一愣，一句话冲口而出："都喜欢！"

附言 POSTSCRIPT

巴黎街上到处是形形色色各国游客，绝大部分法盲，卷着舌头乱拼菜单上的法国词，法国人听得笑死。没有方向感的我又听不懂法语，只好做呆羊随人乱走直到脚痛，然后就会叫唤要坐要喝水要填饱肚子，游客可不是那么好当的。

那天还碰见一中国男人在先贤祠街边画速写，炭笔画得规矩。他老婆很骄傲地站在他身后，看见我走过，她张张嘴有点想找人说话的样子。

晚上的塞纳河边就是街头艺人的天下，几个朋友蹦蹦跳跳在舞蹈唱歌玩把戏，总有大群观者，也总能收到点赞打赏的。游客其实喜欢这样随意放松的玩法，孩子们还会积极参加表演，有的表演者说不定将来闻名世界呢！

那天晚上被一对玩火的杂技表演迷住，表演者都很年轻，男的吹黑管女的舞动着火炬，两人脸上的小丑装画得相当好玩，周围看表演的人看得出神。

老巴黎静静看着我们已经很多年了。

膜拜先贤祠

尽管早就在书上地图上侦查好先贤祠在拉丁区的地理位置，人在巴黎还是会糊涂，经过先贤祠的前后街好多次也搞不清方位。在外旅游的我总是把要去的地方一拖再拖，有时拖到最后一天才会去。

从跨进先贤祠的瞬间，敬畏感便陡然生出，感叹建筑之宽阔，线条之简洁，殿堂里自然光被运用到出神入化的地步，我浑身好像被电过一样。巴黎的先贤祠浩大庞然到需仰望。其气势不仅仅是建筑本身庄严，不身临其境，东方人很难想象。

阵阵穿堂风在殿堂里扫过，冷的力度似乎比室外又大了一倍，恨不得抓过他人的衣服来保暖。先贤祠里的标牌指示出伟人们长眠的方向，在一层殿堂里左拍右照好长时间了，总是要下去看看的。

大理石地面似铜镜，明晃晃的清冷，滑溜。一手扶着挂在脖子上的相机，一边抓着扶手慢慢往地穴走去，有股凉意从脚下升起。地穴里并非真的那么阴冷，这是法国人所敬仰的伟人们安眠之地。

先贤祠

心底冒出的寒意在悄悄摧毁我很不坚强的意志，地穴极大，主道两边分叉的墓穴有满的有空的，弥漫的橘色灯光好像把人裹进了另一时空的幻觉联想中。慌慌拍几张卢梭雕像，又拍了左拉和居里夫人，拍灯光昏暗却也明亮的墓穴通道时瑟瑟发抖。那边通道尽头传出循环播放某位法国圣贤的国葬纪录片音乐，探头看，一位身着黑色西装的老人端坐在大厅幽暗的尽头，像雕像般，看不清他面孔的我攥紧拳头屏住气，想把战栗控制在体内，心还是乱跳，想来要赶快离开。

我知道自己心慌意乱绝不仅是因为穿得太少身冷，也不是穿堂风吹扰乱了我的定力。在进入先贤祠地穴的那一瞬间，我明白自己骨子里还是个传统的中国人，不管死亡离我有多么久远，我对于阴间的墓穴有种来自本能的恐惧，呼吸不到地表上阳世温暖的空气，喘不过气来的感觉十分强烈。

快步走上先贤祠殿堂的地面，在地穴里生出的怯懦顿时显

伟大作家左拉

科学家居里夫妇

得软塌塌的无力。我怎么会想要马上离开先贤祠？太荒诞！

缓口气镇定下来，重新再慢慢把先贤祠看一遍。

在法国任何一座教堂庙宇漫步，都恍如在法国艺术大河里巡游，著名的地方所藏的艺术珍品数不胜数。

先贤祠内墙上有多幅巨大壁画，画了巴黎守护者圣女的故事，画了法国基督教及君主制起源传说等内容。壁画的完成年代以及画家是谁我不清楚，但在此圣殿用西方传统写实手法描绘出的画面，其气势令人生出敬畏。

祠内那组群雕《国民公会》更是精彩。法国大革命时期的玛丽·安托瓦内特王后被议员们士兵们簇拥，击鼓少年和几位致敬姿态的议员身姿造型极俊美。雕塑似乎是用法国砂岩雕琢而成，议员那组打磨得很是光滑，而士

《国民公会》群雕里的少年士兵

兵们保留了刀劈斧砍的力度。祠内另一座著名雕塑为并肩手拉手的荣誉女神和记忆女神，纪念碑般的基座下方躺着一位牺牲了的士兵。这组雕刻为纪念第一次世界战中阵亡的无名将士们，叫做《为法国捐躯的无名烈士》。

先贤祠里有这么多的壁画雕塑，却丝毫没有拥挤感。

1849年，物理学家傅科从穹顶上悬下摆锤，完成了著名的地球自转实验证明实体。奇妙的线锤摇摆于先贤祠高阔的空间里，先贤祠不动而我们的地球在转动的证明就摆在眼前。摆锤一来一往的运动，令我中魔般目不转睛。

这座原本由路易十五建起的大教堂，法国大革命时期的制宪会议决定把它改为安葬国家名人骨灰的祠堂。圣殿定性后的四百年来，尽管法国辉煌的历史上出现过那么多重要伟大的人物，却仅有72位伟人安眠于此，伏尔泰、卢梭、维克多·雨果、爱弥尔·左拉、马塞兰·贝托洛、让·饶勒斯、柏辽兹、安德烈·马

高卢人头像浮雕残片

天穹中心的女神

尔罗、居里夫妇和大仲马等法国历史上最伟大的思想家科学家艺术家，其中仅有11位法国政治家。

先贤祠里甚至没有拿破仑的位置，这位在法国历史上值得大书特书的人。有资格进入这座圣殿受人膜拜的伟人，是经过时间和历史遴选的，一些人曾经进去过又被移出，法国人看重的伟人更侧重于对国家、对民族、对思想文化及科学的贡献，这样的伟人属于法兰西也属于世界。

先贤祠里伟人的名单不长，但分量极重，值得世世代代的法国人铭记感念。这就懂了先贤祠里那著名的题词："献给伟大的人们，祖国感谢你们。"

在先贤祠前广场上再回身细细欣赏整幢建筑。

资料说建筑平面为哥特式建筑，穹顶和希腊式十字形建筑的平面融合，气势恢宏；建筑整体长100米，宽84米，高为83米。建筑正面的高台阶上有6根19米高的细长大柱，矗举出三角形门楣，门楣上的大型浮雕图案上，象征"祖国"的女神，正把花冠分赠给左右的伟人们。6 根大柱上挂着法国国旗。

闭祠时间到了，天气也实在是有点冷，快步走回饭店，多穿几件衣服人才暖过来。

晚饭后在塞纳河边小街上悠闲走动，到处是餐馆咖啡馆，生意好的店铺人声鼎沸，客人爆满到要挤到街边吃喝。生意清淡的店主侍者就站在门口，朝过往游人热情微笑外加手势的招揽。

那些色香味俱全的法式美食真的迷人，失魂落魄走不动路的我一路磨磨蹭蹭，要没人拉我，会很容易找个借口坐下，借口说白天被冻坏了很需要补充能量。

先贤祠里著名的傅科钟摆

附言 POSTSCRIPT

记得美国“911”事件发生时，我有朋友当时恰好在巴黎旅游。他说他正在一小画廊里看画，突然有一个男的兴冲冲进来，满脸喜色激动地跟画廊老板对话。他们的语言不是法语也非英语，听上去像是阿拉伯语。

朋友发现画廊老板和那人说着说着突然朝他看了一眼，立刻压低了声音。

朋友在画廊附近的电器商店，看到了正在播放的纽约新闻。他说当场看得发愣浑身发凉，顿时猜到画廊里那两个人是在欢呼什么了。

十多年过去了，恐怖袭击在世界范围内频繁发生。我在巴黎走动时，所有著名的公共场所，总能见到全副武装的法国军警三五成群巡游，手指头搭在枪的扳机边。

人类文明与黑暗其实一直共存。

香浓法国茶

康丝登特和她先生厄文通常有半年时间在德国经商，半年时间在新西兰北岛过着下海钓鱼潜水的惬意生活。这是一对热爱海热爱大自然的夫妻，他们新西兰的家里有特制的两座大型鱼缸，里面全是这一带海域里的鱼虾海生物，是他们潜水时小心捕捞回来的。每当他们要回德国去照顾生意时，就会将鱼缸里的全部生物，包括石头海草和所有鱼虾统统小心放回海里去。

厄文夫妻在新西兰时，我们常有大饱海鱼龙虾的机会，他们有条海陆两用船经常出海钓鱼捕捞龙虾。两夫妻好客，家里不时有聚会，去他们家做客吃龙虾兼看那些美丽的鱼虾海马之类的海洋生物。我也回请他们，以改良川菜招待，对我的手技他们赞不绝口，总是主客尽欢。

两夫妻第一次来我家吃饭时，直接将海陆两用船开上家门口的海滩，除了带两只捕捞的大活龙虾和红酒外，还特意送给我一袋外包装古香古色的法国茶。康丝登特说她很喜欢喝这种绿茶，是特意从法国定购的。

凯旋门

香榭丽舍大道

被大活龙虾迷昏的我接过茶叶礼节性表示谢意，我还是泡了壶我自己的中国绿茶请她共饮。生活在西方国家这么多年了，我在礼节上还是犯迷糊，忘记按西方习惯应该当场打开礼物表示赞美的。那天我顺手把这包法国茶往柜子里一放，转身就忘得干干净净。

隔段时间他们家再请我们时，想起康斯登特喜欢茶，便特地带上一罐四川花茶——碧潭飘雪为礼，那是成都好朋友特意赠我的。

美人康丝登特很高兴，尤其对绿茶里面加了茉莉花感兴趣。晚餐后她特意泡了壶法国茶就我们俩喝，茶很香有奇妙的果味，好喝得很。她略带不好意思的神色，说这种法国茶有点贵，上次送你的那包不要随便转给他人了。

我有点脸红，意识到她显然注意到我把她送的茶叶顺手放的动作，她未必知道东方人没有当场打开礼物致谢的习惯，但一定猜出我还是没想起打开那包茶的事实。她真聪明，马大哈

老茶叶店里面满藏茶香

的我真的忘了。

第二天翻出那包法国茶，自泡一杯慢慢喝，也仔细打量这茶包。

深棕色的腊纸包装上，圆形绛黄图案醒目，棕榈树、茶树、箱子、木桶的素描画很有过去时光的特色，“1854”的数字表明茶商的历史底气。纸袋是双层的但密封很好，挑开封胶纸，一股极其美妙难以形容的混合着茶香果香的气味溢出，嗅觉被迷醉的速度让我大吃一惊。

从小我就跟着父母喝茶，四川花茶、福建铁观音、西湖龙井、黄山茶、台湾茶这些年来喝过不少。在国外生活这几十年来还品过不少品牌的英国茶、斯里兰卡茶、澳大利亚茶，喝来喝去都没特别好感。相比之下更能接受日本茶，可茶道的烦琐礼节却让我多少望而生畏，再说抹茶的颜色也太绿了，让我联想起死潭水藻的色彩，很难在家饮它一回。不承想法国茶却让我喜欢，真是奇怪。

这法国茶应该是采用斯里兰卡绿茶为基本素材，奇妙地配搭了气味口感分量恰到好处的干水果、花瓣于茶中。那天之后，就抛开已有的各种中国茶，天天一杯法国茶，足足过了半个月的瘾。我还发现这香茶冷喝更妙，像喝冰冻过的白葡萄酒那样会唇齿留香。

那小包法国茶接近空时，我想去法国一定要买这种茶。

动身前浏览这 1854 年创建的老茶庄网站。没想到茶庄竟有那么多不同口感的茶叶，看图片也看得眼花缭乱，费了点时间才找到我心仪的香茶全名及图片，连同几家巴黎分店的地址。

暗自窃笑我的此类品味，定会被中国资深老茶客蔑视的。

绿茶被果香花瓣糟蹋串味，还要去法国买，至于吗？

中国传统绿茶加茉莉花都不入流，法国人的茶总归是要被划入另类的。

可喝茶的是我，我喜欢跟着自己味觉走。

买茶那天先去凯旋门转好些圈，特意拍凯旋门上的那几组著名的浮雕。学画画时就见过这组雕塑图片资料，印象深刻地记得跟随父亲参加战斗，头戴帽子但全身裸体的法国男孩，亲眼看见这组高大浮雕的震撼，是当年那些印刷图片完全不能传达的。

离开凯旋门我满脑子就是那家茶店，香榭丽舍附近就有一家，朝大概的方向走。长长的香榭丽舍大街走过好几个街口，按图拐进斜岔路上继续前行。经过一番周折，等到硬底皮鞋把我的脚板走出痉挛时才看到茶店。

坐落在 Y 字形路口的茶店，外观是木板装饰，18 世纪初的圆形茶店商标牌高挂在墙两侧。

茶店的格局雅致让我联想起传统的中药铺，各种茶叶装在罐里和格格抽屉中，外面有小标签牌。帅店员看了看我要的茶包款式，问清需要的分量，飞快找出称好装包。提起他们网站上的某一种看上去很不错的茶时，他量出一小袋封好送我，让我品后再决定买不买。上百种的茶叶除了法国名称外还有数字标号，很容易记。

康丝登特说过这老茶店卖的点心也很出名，她每次来巴黎买茶都要在店里吃点心喝壶茶。来到半环形楼梯下面的正式茶室，选了一份点心，外加我爱的果香绿茶，一壶香茶没多久就喝完了。不见店员续水，招来侍者一问，居然是他们的茶一壶就是一壶！心里嘀咕抱怨，法国茶铺为什么不学中国茶的续水法？

看看还有半天时间，搭地铁再去卢浮宫也来得及。不出预料，那里的游人挤得一塌糊涂，走走头就晕了，特别是名画前

小牙雕

远古的爱美之心

拥得水泄不通。好容易蹭到《蒙娜丽莎》画前，画那么小，拍照的人那么多，要不是有围栏有警卫把持，拍照人群不定干出什么疯狂事。我干脆挤到与《蒙娜丽莎》所在的墙面一角，以低于她的视线角度，抓拍两张游人高举的相机手臂，他们也是一幅蛮好玩的画面。

卢浮宫于我便是阿里巴巴的藏宝窟，值得看的地方花十天半月也看不完，挤得太累决定脱身。高科技时代，总有一天会有机会在网上仔细放大所有我感兴趣的卢浮宫收藏品，要不然就找个游人清淡的季节，安安静静看画看各种才好。

从设计绝妙的贝聿铭玻璃金字塔走出卢浮宫，广场上几个游客兴高采烈爬上那似乎专为游人建造的，不高且平顶的圆柱上，分别作出按住玻璃金字塔顶的手势，这伙朋友在拍那种人与建筑视觉上的错觉效果，却没注意我在旁边把他们统统拍下来。

逛茶叶店和逛博物馆一样，都是体力活儿，奔走一整天下来，双腿越来越重。

卢浮宫外很多道路都是碎石铺成，碎石路被无数游人重重走来走去反复碾压，扬起微尘刺激了敏感的我，快步走到草坪上避开那碎石路面才缓过气来。法国小说中得肺病的人很多，这种传统铺路法会不会也是病由来源之一？

精疲力竭前乘地铁回拉丁区，背包里那包法国茶的幽香让我心神不宁，想要赶回饭店去泡杯法国茶，抚慰我这一天的辛苦与越来越强烈的渴望好茶之心。

法国应该不是茶的祖宗国，这家百年老茶店的治茶不仅长寿且自成他们的文化，各种舶来文化大概就是这样完美融于法

达·芬奇的《蒙娜丽莎》前蜂拥拍照的人群

国人的日常生活中。

这茶叫 MONTAGNE DE JADE，看字样我猜有翠玉之意，实际上，据说是从中国进口来的茶被配上了某种果糖香。

百年老茶店全称为 THE MARIAGE FRERES，是家法国最著名的老字号，分店遍布法国主要城市。其历史可追溯到 17 世纪茶店的先人参与了法国东印度公司在远东的贸易交易。

经过两个世纪家族生意也没中断，到了 Henri 和 Edouard Mariage 两兄弟时代，他们开创了这家公司，将来自世界三十多个国家的茶叶调制成堪与法国美食比肩的精致茶品。

老茶店里除了销售茶叶点心还开有茶博物馆，客人进店买茶，坐下品茶吃点心，滋味宁静，跟中国的茶文化大相径庭。

有时候我并不需要真喝下一口这种精妙的法国茶，打开密封的茶叶罐深呼吸一口，我知道巴黎没白去。

附言 POSTSCRIPT

我过去只知道英国人爱茶，婚后发现我的英裔公婆就是英式饮茶之道的中坚分子，见他们天天要喝七次茶的生活模式，惊讶、好笑后写了一篇很受读者欢迎的《公婆七道茶》，让不知此茶风俗的中国读者，随我见识了一板一眼的英国茶文化。

但我并不清楚法国人也爱茶，要不是德国人康丝登特的推荐，我对法国茶的认知还不知要推迟多少年。法国茶虽不如英式茶在本国那么普及，但法国人把茶文化发展得精致浪漫热烈，这是品种口感单调的英国茶绝对无法抗衡的。

“法式蓝伯爵”“卡萨布兰卡”“马可波罗”等名便可窥视法式茶的美妙，法国茶师这百年来用尽心思以各种水果花草，精致调配出五百多种口感和香味，充溢着此国的历史文化艺术之想象力。算来法国人接触茶的历史比英国人还要早二十多年，一个原本不产茶的国家从接触、接受到再发展出自己的茶文化，与茶源国的传统风格迥异不说，法国茶是美味的，不容置疑。

勒拉旺杜语境

巴黎热闹深不可测，集历史政治文学绘画、美食美酒、艳舞音乐、汽车飞机、建筑园艺等为一身的城市，人深潜下去晃荡穷其一生也不算啥。毕加索、亨利·米勒、梵高这些生前生后大名鼎鼎的艺术家文学家们在法国生活太久，世界最后差不多都忘记他们是外国人了。

有时不免傻想，做艺术家没在巴黎混个十年八年好像都不正常。当年出国要是可以选择国家的话，我会来法国定居吗？

想归想，我现在只能是个游客了，瞎走好多天，还有大量该看的地方没去。给自己留点念想也好，下次再来就有由头了。团体游客只能蜻蜓点水在著名景点留影数张，实在没意思，人到魂未到的木偶旅行，完全没有自己瞎走乱撞有趣。但像德国人那般严谨有计划的游走我也做不到，我的行程表最多只能确定个大概，意外发现的趣味更刺激更有回味。

出巴黎后，接着是乘高速列车去法国南部马赛附近的港口城市土伦，再租车开到海边小镇勒拉旺杜住一晚。行前好几个朋友都提到法国南部沿海一带极美，最好是自己开车。安排这段行程也满足了两人各自的心头好，伊恩热爱开车，我非常想看法国海边小镇到底什么样子，也想吃小镇上更具家常风的法餐。

法国高速列车几乎没有震动感地行进着，车厢间的电子屏幕显示时速超过 200 公里 / 小时，人站起来还是能察觉到车体有规律的晃动，这种速度下想要拍窗外景色难度很大。不巧的是我们订的座位在双层车厢下层，沿途过半景色都被铁路边的隔音墙挡住，去列车上层看一眼，空位很多。我没去随便坐下，高速列车上也查票的，没准下一站就有人上来要某个座位呢。

车厢楼梯边的窗户阔大，靠在那里拍了几张照片。心不定，谁知道会不会遇上紧急刹车？农村田园风景飞逝，收手回到自己座位上。

法国的涂鸦文化发达，铁路沿线的涂鸦几乎覆盖了能看得见的建筑墙面。涂鸦者选择涂鸦的地理位置，肯定也考虑到人

铁路沿线的涂鸦

在列车上浏览涂鸦的速度，这种铁路边的涂鸦基本上以粗犷法文文字为主，很少见到有细节的人物造型。认不得法文，想不出这些铁路沿线的涂鸦在表达什么。老巴黎就在这些涂鸦中渐渐远去。

涂鸦再多也无法掩盖法国春天的姿色，窗外正是菜花盛开季，成片无际的明黄让我想起川西坝子景色。不同的是法国菜花盛开的田野上常有大片太阳能板矗立，不知是地方发电公司还是私人获取自然能源的作为，这种东西与菜花共存。沿途还能看到很多塑料大棚，法国农民会种什么反季节农作物呢？

地貌在高速列车的车窗中极快地变化。高速列车把原本相距较远的城堡拉近，一眨眼田地从林河湾隐现，远处半山上的古城老村闪现又消失。在高速列车上观景，是速度被加快十倍百倍的无声电影，镜头剪辑眼花缭乱，让我眼睛忙不过来。

法国可以说是一个审美趣味普遍高雅的国度。当现代与传统建筑冲突时，弄不好就弄僵弄拧的民居建筑，法国人却拿捏得特别好。一路上几乎见不到暴发户顾盼自雄的丑建筑混迹在法国老村落中。

从风情万种的巴黎大都市脱出，心情被自然色调理得越来越安静。

租车公司就在车站外，取了预订的车就上路。

公路两边的松树都有好看的树冠，姿态十分个性。但我不

从高速列车上看远处的桥梁

敢肯定，这些树是否像日本松那样被园艺工人精心修剪过？人工在这种国家最贵，修剪的费用高昂啊。也许这种树天生姿态美？后来发现法国和意大利的路边松都长成这样，审美趣味一定也会互相影响。

开车约两小时就到了小镇勒拉旺杜，跟着 GPS 到我们选好的饭店。我们的房间面向海湾视线极好，楼下葡萄架绿叶婆娑，在葡萄架下吃饭喝酒是旅游季节最受客人欢迎的选择。我们从网上寻到这家饭店，淡季几乎空着，房费半价。

海湾出奇的安静，目前的清冷似乎给当地人有喘气的时间放松休整。面海的小街广场附近有好多家酒吧餐馆，椅子大多翻转放在桌上，偶尔有一两个客人坐下。据说小镇的冰激凌非

满是葡萄藤的后院

常有名，专卖冰激凌的甜品店走几步就是一家。冰激凌颜色艳丽，各种口味各种样式存于冰柜。买一只尝尝，味道尚可绝非惊艳，还不如新西兰冰激凌，但分量不小，连舔带吃好过瘾。

东游西逛到傍晚，所有街道差不多都走遍了，游客真是少。

回饭店换了衣服出来吃饭，走到已经看好的那家海鲜餐馆犹豫着没进去，这家餐馆外面的青藤迷人，但餐馆冷清得不像话，倒是对面餐馆里客人满满。反正改变主意也不丢人，随食客选择吃饭通常没错，那家餐馆外面还有几张露天桌椅空着，赶快坐下。

看前后左右客人吃的模样和笑容就明白我们叛逃正确。可接过菜单我们傻眼了，戴上眼镜也认不得法文啊。

小镇上的餐馆完全不考虑外国人不识字的尴尬，整张菜单上居然就没有一句英文。女招待转身已招呼其他客人去了，我们大眼瞪小眼脑子里一片空白。

站在阳台上可以看见海

邻桌见状主动探身用英语搭话，我干脆请他们帮点菜，推荐他们认为最好吃的食品。这么做通常伊恩会觉得唐突有点尴尬，但实际上这招非常有用。只有熟悉本地本餐馆的人才知道什么是美食。这对夫妻热情介绍了好几道美食，最后建议我们点餐馆的套餐，保证美味。

我们等待上菜，他们喝着餐后的咖啡，拉近椅子继续聊天。

他们是荷兰人，夫妻定居此地已二十多年了。两人笑说厌烦了荷兰阴霾的气候，跑到这个阳光明媚的小镇来度过他们的退休生活。两人买了房子，吃遍了当地的所有餐馆，这家餐馆是他们的最爱，每周都要来饱餐一顿，从未烦腻过。

套餐最先上来的是一大盘好几种风味面包，和一小碗当地产新鲜橄榄油。撕一块面包蘸橄榄油，遇上特别喜欢的面包和橄榄油，顿觉这顿晚餐就光吃面包也够了。

看我那么馋，伊恩警告说不要吃太多面包，要给主食留点空间。

在澳大利亚、新西兰要找好面包店不容易，二十多年来尝过那么多面包，最后发现还是法式面包好。走到法国吃法国面包让我心花怒放。被阻止吃下去，眼睁睁地看着大半个没动过的面包被侍者收走，心里真是悲凉。但有什么办法，胃就那么大。

两道主食上来，摩洛哥风味红烧羊肉和法式煎鱼果真色香味俱佳。我的摩洛哥红绕羊肉那么大一盘，烧得软而不烂，调料滋味非常的好，兴冲冲吃到后面速度慢下来，分量大到真吃不完。从面包前菜开始吃到到摩洛哥红烧羊肉，按这套餐的吃法，后续还有甜品。到末了只能要冰激凌而放弃咖啡、餐后甜点和茶，这顿晚餐质量、分量都好。两人套餐外加一瓶本地上好红酒，总价 50 欧元左右。那几年澳币升值厉害，旅行时把澳币换成欧元消费，所有澳大利亚旅行者都快活。

不能直接回去睡觉，得走动消化一下才行。

夜的海湾没有游客，连本地人也少见，海湾静静的，码头上成群结队的游艇肩挨肩拴住，在海浪中左右摇晃。

海湾这角的小酒吧也没什么客人，几个年轻侍者在门外抽烟，轻声嬉笑互相推搡着打闹。

溜达着回饭店，在那极小的洗澡间里有个奇怪的冷冰冰白瓷小澡盆，活像日本人家用的方木桶，盆边还有一处凹地似乎是让人坐在上面的设计，莲蓬头非常低，坐或者站在里面洗浴

走进糖果店

大分量的冰激凌

都不合适。洗手间不知是什么时候硬加进来的，基本上没有合理设计。厕所窄小，安置在洗手间深处再分隔开来，要是进洗手间忘记开灯而先关上门，立马会黑得伸手不见五指。

但这房间又很迷人，室内的窗帘、被单、门帘都是很漂亮的老式细碎小花图案，法国风味十足，有印象派画家笔下的那种活泼细疏。老房间空间很高，拉开法式门去阳台就可见海滩、游人和树，以及海湾边的游船。小阳台上的白塑料桌椅还算结实，天气好时坐在那里喝茶看海很惬意。

这家饭店起码有两百年历史，面对一位年过两百岁的小镇老美人，真是不要过分挑剔

海湾里的船

抱怨。

整理相机照片时想起那家餐馆的几位招待，当我们结账时，他们说你应该给我们的经理写信，说你们对这顿晚餐的满意程度呢。

我恍然，因为他们看见每道菜都拍照的我吃得很开心，没准以为我是西方美食界的美食鉴评。

我告诉他们我会把照片贴到中文网站上，诚心告诉大家食物很棒，我的读者和朋友看到这些照片介绍后，将来也会专门来你们餐馆吃饭。

附言 POSTSCRIPT

法国小镇清爽干净，就连沿途看到的那些涂鸦大多也好玩。

被认为是欧盟的创始人——让·莫奈（Jean Omer Marie Gabriel Monnet），逝后荣归先贤祠，但在小镇海边享受的殊荣，也不过就是那么一方小铭牌而已。

跟巴黎等大城市相比，没有多少特殊名胜古迹的法国小镇，却年复一年吸引着大量游人，当然更多的是法国和欧洲游人来这里，在海边在山里，在没有名牌大商店的小镇度过短暂轻松的日子。法国这样的小地方很多，喜欢小地方的人也越来越多。

读过英国作家彼得·梅尔的《普罗旺斯的一年》《永远的普罗旺斯》《重返普罗旺斯》，再看法国小镇乡村，哪怕仅仅待过短短一两天，也会说喜欢。

英国荒野里的一棵大树，树干上有很多字母痕迹

-8 -7 -6 -5 -4 -3 -2 -1 0 +1

英国

The United Kingdom

-8 -7 -6 -5 -4 -3 -2 -1 0 +1

切斯伍思贵族之家

多年前，小儿子还是个喜欢啃自己小肥脚的胖婴儿，我们带着他在伦敦住过短暂的日子。伊恩的哥哥查尔斯在汉默斯特地区的公寓刚好勉强把我们一家三口塞进去。

那阵子一有空就推着婴儿车去逛著名的寇花园，风和日丽时上汉默斯特公园放荷兰风筝，朋友开车带着去美丽的小镇。在小镇随处可见英国传统的厚草屋顶，总让我想起家乡四川，农家用谷草杆盖的茅屋，也是那般厚重迷人。只不过很美很环保的茅屋顶在我家乡已经基本消失了，而英国人保守，百年、几百年的建筑还完好地保存使用着。

等到再去英国，小儿子早已成了大人，时间飞逝。

查尔斯夫妻几年前离开伦敦搬到约克郡，他们公司的一帮工程师也跟着移居去小镇生活工作。成本在乡下是否低廉？生活是否舒坦很多？我不清楚。但英国乡下的自然美是大城市伦敦所没有的。英国的乡下与中国的乡下完全是两种概念，城乡生活质量几无差别的英国乡下，意味着人的生存空间更大，更亲近自然。

查尔斯的家在小镇外的公路边，砂石建筑两层，家与乡村公路间有公共花园间隔。清晨从他家的窗户望出去，穿着色彩鲜艳紧身衣的骑手们，骑着自行车一串串无声飙过，公路上的汽车不算多。小镇上的建筑多是砂岩石料建造，有几家餐馆和一家杂货店，还有一座老教堂，小镇民居散布在主街四围，串联的大路小路很静。

小镇的名气，全因英国贵族中的贵族——德文郡公爵和公爵夫人的切斯伍思（Chatsworth）领地在此。经过十六代人，有五百年历史的贵族庄园对公众开放，一直是英国最有吸引力的旅游地之一。

从查尔斯家到切斯伍思很近，可以走路去。穿过小镇石桥，沿溪水走一段，再走上切斯伍思的路，渐入英国绿野，在其中漫步是件悦目的事情。这一带原野极绿，远远近近的山丘上树木优美，大片草地打理得极好，要是随身听着维瓦尔蒂的《四季》，画面绝对动人心弦。

所谓英国贵族之家，我认为就是有皇宫气势的巨型建筑。几百年的艺术收藏，不计其数的油画、水彩画，来自不同国度的大理石雕像，巨幅宗教历史题材的织锦挂毯等各种艺术品，把巨大建筑内的高阔墙面占满，不会留下一块尴尬的白墙陈列。这种贵族之家的收藏堪比博物馆，管理有序，据说每年接待超过二十万的英国和世界各国游客前来参观。

仅开放的部分凭简单目测判断，以不停步的粗看速度参观

从小山丘上看贵族之家

的话，一间间走，估计花三天三夜也无法快速瞄完。整个庄园建筑还有相当部分没正式开放呢，那是属于公爵家族私人所有。

不少走累的游客，干脆坐在过道上专为游人安置的沙发上好好休息，仅转动头部东张西望。很快决定不要浪费太多时间，贵族之家的收藏深不可测，我就重点看看感兴趣的部分吧！那就是英国贵族收藏的中国艺术部分。按参观顺序经过各个房间时尽可能快速移动，能拍就拍点，收藏中国艺术品的位置我哪里知道，但总能找到的，我确信。

走进客卧的那一刻，我被美震了，不算大的卧室满墙都是充满中国风的巨大手绘壁纸，我在那里半天迈不动步子。

当年手绘壁纸的中国民间艺术家们，大概想象不出他们的壁纸是如何贴在遥远的英国贵族家墙上，点缀美艳了贵族之家。

壁纸画得惊艳大气，一看就知道并非文人画家笔法，而是民间工匠虔诚作为。这些无名画家画中国竹，竹叶参差婆娑有味，竹枝上那些中国鸟儿左顾右盼，树与孔洞穿透的石头假山，画面之美，格调之优雅。

英法意等老派西方国家用壁纸的传统悠久。在国外生活多年，在别人家里和很多室内场合均能见到机制图案的壁纸，那样的壁纸也美，手绘壁纸可不是平常人家用得起了。在切斯伍思第一次近距离细看中国画家工笔重彩加写意技巧画出的壁纸，这些无名画家手段了得，画得飘逸清雅，构思和画功让人服气。

多年前我跟四川工笔大师朱佩君学过工笔画，深知工笔画法需要的功力，那是画一幅小斗方兰草也要花好几天时间，要是稍不注意画了败笔就无法掩盖的画技。这种壁纸可能来自广

典雅的中国手绘壁纸

专门陈列中国瓷器的房间

东福建一带，只是曾经能画出这样壁纸的中国，恐怕已经忘记有过这般美妙的出口壁纸了。柔和白色的天花板下，中国壁纸营造出无比优雅的情调，东西方色彩的搭配奇妙极了。

在异乡，骤然与竹、花、鸟、石对望，心跳得厉害。站在墙角避让游客，接着再以艺术家的眼光上下左右地细细打量。到底是年代久远，又家居这么多年，壁纸比较低矮的部分被剐擦，有些画面都破损了，看得心痛。

贵族之家收藏的中国瓷器也是我的看点之一，瓷器历来就是英国贵族的传统收藏品。英国瓷器业相当发达，荷兰和德国

铺天盖地的家族油画藏品

的瓷器在欧洲也大有市场，没有老瓷器收藏的贵族之家底气肯定不足。当年英国的东印度公司把生意扩展到亚洲后，他们带回的中国瓷器很快成为英国贵族收藏的新宠。

不出所料，那间被我称作东方瓷器之屋全是中国瓷盘，清代或者年代更加久远的，从壁炉两边的墙面上直挂到天花板交界处，盘器之多又挂得那么高，没有望远镜根本无法仔细察看。这间屋内光线相当黯淡，不用闪光灯没变焦镜头拍出的照片质量可疑。拍着拍着也猜想，这幢建筑里的中国瓷器不知有多少，还保存得那么好，这种展览让人嫉妒，国内的收藏家们看到此景会有何感想?

且不说历代公爵们收藏的油画等其他艺术品了，据说除2012年迫于遗产税带来的经济压力，公爵卖掉了一幅拉斐尔素描《圣徒头像》外，这里还藏有十四幅拉斐尔真迹呢！艺术珍

绿色海浪般的灌木墙

品真是看不完也拍不尽呀。

切斯伍思的室外花园也非常有名。

这个贵族之家可分为两大部分去漫游，建筑和艺术品收藏。

切斯伍思领地阔大，从山丘上砌出的喷泉水高高流下至人工湖，大片绿色土地和丛林绵延，山丘上种植着多种英国本土植物树木，包括更早时期英国旅行家从亚洲带回来的各种不同种类的杜鹃花种培植出的后代。祖籍中国的杜鹃花被移植来，被英国人热情接受，成为如今英国园林中最受人喜爱的花卉之一。切斯伍思山丘上的大株杜鹃花极有名气，尽管不在季节中，树上的零星残花依然吸引游客。

庄园主道边的灌木墙，一反剪裁平直的惯常园艺法，灌木墙被刻意修剪出明显不规则的弧度来，凝聚成绿色海浪，波纹很招人眼。花园里的柏树们更是活得精彩，对称完美的审美趣味被彻底颠覆，园林艺术家尊重柏树随心走向，仅顺其自然地

保持树木不规则的外形是这座贵族园林的特色

将树形外貌略加修饰，这个花园里的大柏树们便极具个性按天然意志各自扭曲生长。

园艺细节令我吃惊，贵族切斯伍思很有个性，在接受外来文化上的宽容度完全超出我的想象。

从切斯伍思精雕细刻造型大气的窗内朝初春的园林张望。英国电影《傲慢与偏见》就在这里拍过很多镜头，甚至传说简·奥斯丁写作时，也是以这个庄园和这位公爵为蓝本的。

公爵家的领地有多大？查尔斯说，沿路只要见到海军蓝油漆的栅栏门窗，那后面的建筑和田园就都属于公爵家族。早年的公爵家族甚至还在自己的领地上建了两个村庄，村里每幢民居建筑样式各异，还不重样，专为公爵家服务的人士和家庭居住。那些服务于公爵家族的人和家庭，有的真是世代更替但绝非“为奴”的被欺压剥削。

就像庄园进口处的高个男人，他正用老式手推剪草机修剪草坪。剪到草坪边缘时，他停下来把草坪边界的石头一一搬开，再用剪草机把乱长的长草剪干净，再把石头按原迹放回。无人监管高个男人的工作，他自己做得仔细认真。

贵族庄园到处是精心打理的结果，修剪得平整的草坪上有训练马匹用的障碍草捆、木栏装置，有石头砌成的炮台或观礼台，碎石路白晃晃的在草地上延伸。除馆藏建筑部分，公爵家私人居住部分不开放外，整个庄园向公众时刻敞开，附近居民散步遛狗，三三两两享受着田园自然风光。

初春季节，天气阴冷。阴郁的原野城镇，英格兰寒冷多雨雾的印象，从读过的英国小说过渡到眼前画面，英国贵族之家应该能平安宁静地再活千年吧。

附言 POSTSCRIPT

英国贵族制度中的公爵地位，据称仅次于英国皇室，是世袭贵族中的贵族。这种制度延续到现代，令今天的世袭公爵面临高达 40% 的遗产税。也就是说，公爵家族世代积累下的财富越是庞大，后人按法规缴纳的遗产税就越是惊人，即使以其富有家族的全力也无法完成此事。直到最近的世袭公爵做出了将财产转给“维护切斯伍思历史建筑为公众利益基金会”，以开放大部分庄园的形式，完善了维护英国最著名的历史古迹。

数蝴蝶的英国乡下人

早晨八点起床。在英格兰德比郡巴斯洛小镇过了第一夜。今天要跟查尔斯去参加当地自然保护组织举办的“数蝴蝶活动”。

九点我们就出发去山上，开车去。

查尔斯的车开得一愣一愣，一错车就熄火，急性子查尔斯念念有词地骂车。这辆车不是查尔斯的，是查尔斯公司推销员的，查尔斯把他的敞篷跑车跟推销员临时换了。哪知不是自己的车开起来不顺手，一路弯道窄，这车敏感得稍微一碰就急刹，突然起步被颠得前仰后合时也不好意思抱怨，更不敢笑。

英国乡下的四月，室外气温意外的低，行前穿上雨衣御寒，还借了查尔斯的手套戴上，手不冷心里就暖和，这是我的经验。大相机装在相机背包里，计划要爬山走路。

当地自然保护组织举办的“数蝴蝶活动”是场在全英各地同时展开的统计行动。各地自愿者按组织规定要求，将采集到的蝴蝶统计数字汇总给科学部门后，那些要求数蝶的神秘专业人士会把这次的数据与过去采集到的数据作比较，并以此作为

查尔斯家里，窗前飞翔凝固的群鸟

检测环境变化对生物影响的判断依据。

为什么选择蝴蝶这种脆弱生物为检验对象？科学常识极为贫乏的我真不懂，但此活动对我来说却如一幅很美的画，想想都喜欢。

附近的农村公路鸡肠般细弯，界乎于田野和公路的英式石墙连绵，让人担心路太窄石墙太嶙峋，这种路上要出点事故，车子一定会被撞得惨不忍睹。

喜欢看英国电视剧的人熟悉这种特色石墙，墙体不用泥灰黏合，仅以大小石块巧妙垒成。据说一个强壮的英国农民每天手工垒墙，长度不过两米左右。墙是用当地出产的黑灰色石头垒成，大小不等的石头形态各异，石墙下宽上窄符合力学原理且坚固经得起时间。英国乡下到处是这种半人或一人高的石墙，墙老到两三百岁也常见。石墙是英国农村景色中最富特色的人

用海生物化石砌成的牧场围墙

来老桥练习绳降的人

工建筑物，有没有谁把这些石墙长度数字统计后并连接起来？申请万里老墙吉尼斯纪录呢？坐在车里我突发奇想。

查尔斯带我们去数蝴蝶的地方，是在一座已经废弃的山间火车站附近，那山里过去盛产石灰石，小火车站是当年为运输石灰石而建的，现在已变成当地人锻炼身体欣赏自然的好地方。

沿途成群的自行车骑手或快或慢出现在我们车的前后，在路边餐馆停下喝杯啤酒，吃点东西的骑士们大半是中老年英国人。路过一个安静的老桥，十几个半大孩子在成年人专业的指导下练习从桥上绳降的技巧。戴着头盔抓着牢固的安全绳，孩子鼓足勇气呲溜地晃荡下去，十来分钟后再跑回桥上的孩子脸若桃花兴奋得意。

我们把车停在山脚下极窄的公路转角处，车站停车场已停满车了。

自然保留地标志

从山脚下往山上走，先要翻过人家小牧场的围栏，这几块私家牧场不大，很快走到尽头没了栅栏。

清凉溪流边的小路很美。水极清，流速很快的小河溪从泥路边静静淌过，水草茂密活泛地晃动，野鸭子三两成群惊起又落下，水里不缺鱼虾的。

水看上去那么纯净，不觉口渴，问可以喝一口吗？查尔斯摇头说没检测过的生水不能乱喝，你不知道上游的植物是否有毒，也不知道这一带山石地面所含的矿物质成分，不能随便喝的。

查尔斯熟门熟路带领我们往前面山头走去，远处山头非私人领地，属当地自然保护机构名下。英国的环境保护很注意自然本来生态，很多像查尔斯一样的当地志愿环保者不时来清除山地上的外来植物，让土生植物回归自然。走进这片自然保护区，山地的人工痕迹完全消失，与百年千年前的模样差不多吧？

小道蜿蜒渐上，突然瞥见路边树上有斑斓小生物。惊叫："快看快看，蝴蝶！"

查尔斯蹑手蹑脚走近它，用手机拍几张照片静静退开。没见他做纪录，他说在观测点以外见到的蝴蝶不能作数，在指定地点观察到的蝴蝶才算。

爬上半山，果真有一圈用细绳作围栏的观测地带，挂在细绳上的塑料袋里有张手写纸片，写明是数蝶地点，请过路游人不要进入骚扰了小蝴蝶。

查尔斯抬起细绳进去仔细看了一遭，回来告诉我们没发现任何蝶影。会不会是因为这几天气温太低，蝶们被冻住飞不起来呢？

数蝶不果，我们就继续爬山去。上山顶，那边山头是私人牧场，被牛啃得浅短的草山上到处是牛粪，稀的牛粪说明牛群在这片草场上晃荡过，放眼望去却不见牛的身影。英国的私家牧场草地是允许游人自由走动穿越的，只要注意关好栅栏门，别让牛羊乱跑给牧场主添麻烦就是。

找块平坦朝阳无粪的干净草地坐下，享受这个季节英国难得的阳光。英格兰的原野山丘初绿，冬树的线条细腻精致，淡淡的情调如同脸蛋粉嫩羞涩的英国小女孩，满山遍野弥漫着温柔的雅稚美。

牧场上也有些石墙，石上有很多石化的贝壳，真的曾经沧海桑田。

游荡够了才下山去，很愿意去看查尔斯妻子养的马，她有两匹马寄养在家附近的牧场里，每周两天去照顾它们，其他时间由马厩主人伺候。

凯丝已经在牧场上等我们了，穿了她的高腰胶靴随她钻进草场，向她那匹花斑点灰马慢慢接近。高头大马不错眼地看主人快近身时，一扭头躲开，好几个回合的跟主人闪玩。凯丝从裤兜里掏了点吃食诱惑安定住它，眨眼间手上缰绳套住了马头，淘气的马被她牵回马厩院子去。凯丝说她正在学马的心理学，学着用这种并不追赶的方式对付孩子般的马儿。

还有两匹漂亮的母马在电网拦出的大片狭长草地上，大马蹄把雨后软草地踏得泥泞不堪。母马嗒嗒跑来跑去的身姿美妙，举起相机抓拍，没注意电网就在身边，亏得被查尔斯眼明手快拉我回来。

马厩很大，我们每个人都想帮忙做点事，比如清扫马厩里的脏草，或者动手帮着刮马蹄铁里的污泥，用刷子刷洗马背上的泥点。凯丝脸有喜色说这是查尔斯第一次来马厩做义工呢。

马厩院子里还有两头大肥猪，和四只奇怪的挺胸收腹像人一样走路的鸭子，几只母鸡颠颠乱跑，凯丝说它们都是马厩主人的宠儿，而非谁潜在的食物。

喜欢在原野中行走的人

天气转阴起风了，马厩院子里高树上的鸟窝摇晃得厉害，鸦鹊凄厉一嗓子，传统的坏天气在我们告别英国前露脸了。

那晚的晚餐是一条羊肉大腿，烤得香喷喷的，每个人都吃得那么饱，手指头上的肉香要用香皂洗两遍味才散尽。钻进暖和的被子里，想到就要离开多雾多雨，阴冷但又美妙动人的英国农村，离开查尔斯和凯丝的家，真有丝不舍。

大约十年前，查尔斯他们从伦敦城里搬到巴斯洛小镇来，乐不思蜀定居至今。说来他们最多只能算业余乡下人，这两个电脑软件公司的创始人工作时间长且累，于是把公司搬到乡下来，更贴近自然地生活。查尔斯是当地环境保护积极分子，参与各种有关保护自然环境的活动，如数蝴蝶，种植嫁接当地特产的苹果树。每年在地方苹果节上介绍、推广苹果，赠给学校的孩子们吃，也鼓励孩子们加入种植苹果树的行列等等。热爱马的凯丝还打算在这里买块小牧场，要给她心爱的马儿一块天地草场，还准备开辟出一块马术活动地坪，欢迎有同样爱好的马友们使用。

这两人业余时间满满的。他们家的窗台上放了好些装着种子的盘子，在暖暖的室温下，查尔斯撒下的英国花种已经出芽，下个月就可以移栽到院子里去了。

英国乡下非常美妙，包括查尔斯院子里将开未开的花。英国山野茂密的植被原野上，蝴蝶当然不仅仅是只会翩翩起舞的生物，我想。

附言 POSTSCRIPT

环境保护深入生活的西方朋友不少。

比如去新西兰朋友凯文家，想喝茶的我会自己去烧水泡茶。他家电水壶上有一杯两杯三杯茶的水刻线，但他没有中式的暖瓶可以储存开水，烧一大壶水的话就要浪费很多电能。凯文如此教导我。每次问清有几个人喝茶就按刻度烧，虽然有点麻烦。爱喝英式茶的查尔斯也是这般烧水法。

这些人皆衣食无忧不差钱，省电这样的事与省钱不相关。他们还不爱长篇大论，只说地球资源就这么多，都肆意挥霍的话，离地球资源匮竭的前景真是不远。

经历过工业革命的英国在很久之前，已开始从各种角度检讨人类社会对环境造成的危害。检讨的结果是越来越多的人加入了保护环境的行列中，从小事做起，从关注生物开始，自我提醒不要过分向大自然贪婪索取。

对比下，中国如今满目沧桑，别说祖宗留下的几千年人文古迹大量消失，就更别说自然环境遭到的损坏，想想都心碎。

顺应历史的自然走向，就如切斯伍思花园里，园林艺术家们让柏树顺应自然生长那样，完全无需暴力革命方式的彻底改变。以更自然的方式做出的改变反而更合理地符合大众以及国家利益。

Stars & Stripes Suede Jacket
Stars & Stripes Belt Pouch
Love Beads
Sunglasses
当年的演出服装

13 -12 -11 -10 -9 -8 -7 -6 -5 -4

美国

A m e r i c a

13 -12 -11 -10 -9 -8 -7 -6 -5 -4

那自由的伍德斯托克小鸟

1969 年 8 月 15 日发生在纽约乡下的那场音乐盛会，经过了四十多年漫长岁月后，我终于后知后觉地将视、听渐渐合二而一，拼接出大致完整的画面。有关那个世界那个疯狂年代的印象，照理说我不该有，即使有，也如花的残瓣。

应该说那场发生在美国的音乐大事件和其特殊背景离我真的很远，那个年代的我，生活在混乱状态的城市。有关这场音乐会的知识是后来慢慢补上的，是托生活在澳大利亚这几十年之福。

澳大利亚民族电视台常常播放些精彩的电视节目，世界各国的历史、文化、音乐、政治，无所不包，人物、社会、战争、农业、民族民俗等各方面纪录片十分精彩。这类电视片多为纪实回忆加记者深度采访挖掘，某些大事件的观察角度视点不同，年年有新内容出现。近几十年来西方的这类纪录片编辑制作手段愈发成熟，极少废话，史料充足，给观众提供了极大的思索空间。通过出色的记者、编辑慢慢理顺的往事更人性，更生动。几乎不见假大空，我看得下去。

我又并非刻意去找这些节目看，往往是餐桌上或者睡觉前随意打开电视，遇到合意的节目，哪怕是从中间开始的也看得有意思。看来看去看多了，越发觉得偏居世界一角的我已经错过很多精彩，这样的纪录片多少填补了我的遗憾与空缺，尽管不少纪录片我根本就没完整看过。

在离开纽约州的最后一天，朋友起兴开车带我去了伯特利森林艺术中心——那座坐落在春天原野里的纪念馆。

开车前朋友告知目的地的名字，我完全没反应过来。读过听过的中译名与英文之间常常是不搭界的。

到了纪念馆门口，看到室外一座座抽象的雕塑，再进入缤纷的展室，记忆碎片如茶叶落入沸水般悄然舒展开来。耳边，美国乡村音乐、摇滚乐轰然而至，野火星光噼啪作响迸裂升腾中，我才突然明白到了什么地方。

这座伯特利森林艺术中心，如时空飞船般带我直接进入那段时光。像梦游者一样，我乱看我乱拍，听着看着，如身临其境。特别是看到一些伍德斯托克音乐节的现场录像录音，还有大量后人对当年音乐家和参与者的采访。传说中的某些细节，重新得到不同角度的多方印证，新发现的说法更生动好玩，当年的热血沸腾一直延续到现在也不过时。

美国的农村不是中国人意念中的那种乡下，更与现代演唱会动不动几万人的疯狂不相干，那场发生在纽约乡下的音乐会，真是场大传奇。

历史

当时的纪录片

在海外生活了二十多年，那场音乐会上冒出的音乐家和他们的歌曲不再陌生，但大银幕上当年斑斓热情的现场画面还是让我震撼，看得听得十分过瘾。

想想，脚下就是当年的私人牧场，经历了三天阴雨暴雨不说，三十二位热血澎湃的美国流行音乐家，为近五十万名同样热血的听众举行了三天三夜的演唱。当时的观众数字之庞大，现场的混乱可以想象。

但据报道，三天中仅有两起死亡事故，一人是因吸食海洛因过头而死亡，另一个是极度疲倦的人，迷迷糊糊的在演出场地附近的草丛中睡着了，不幸被驶过的拖拉机碾毙。悲剧的同时还有两条小生命降临：一个孩子生在了车里，全因音乐会造成了拥堵；另一条小生命则幸运地被直升飞机接到最近的医院里平安出世。太过疯狂的三天据说还有 4 位女性因此流产。

近五十万的美国音乐迷，三天中把这泥泞大雨中的牧场涂抹出疯狂画面。画面中满是吃喝拉撒、酒精毒品混合出的复杂

涂鸦车

恶劣气味，伴随着三天震耳不断的音乐，嬉皮士们在舞台下、在草地上神魂颠倒地舞蹈。在那个相机远不普及的时代，摄影记者抓拍的照片精彩绝伦，包括乐迷们在溪流水塘里裸泳的身影。

好容易熬到8月17日星期六早上，当时的纽约州长尼尔森·洛克菲勒终于按捺不住，召见了音乐节的组织者约翰·罗伯茨，告诉罗伯茨他正准备派遣一千名纽约州警察进驻音乐节，以控制政府和附近民众认为的混乱场面。接下来发生的事情非常不可思议，罗伯茨居然成功地说服了洛克菲勒打消向音乐会派驻警察的念头。这场音乐会果然以它自己独特狂放的姿态开始，以飓风袭来之势，开始了貌似混乱疯狂的三天。

美国杰出的摇滚乐音乐头牌，大名鼎鼎的吉米·亨德里克斯（Jimi Hendrix）是音乐节上最后的表演者。由于周日下雨顺延，直到周一清晨八点半他才得以上台表演。前三天里多达近五十万的听众，到吉米上台表演时仅有三四万听众，很多人是为瞻仰吉米而留下的。吉米和他的乐队表演了两个小时，包括他们重新神释的美国国歌，这首歌被后人视为时代精神之一。吉米当时身穿白色流苏，蓝珠装饰的皮革夹克及他头上的头巾，成为那个年代的意向代表。

许多著名的音乐人士因各种原因不小心错过这场以反对越南战争为主题的“和平与音乐的三日”。包括鲍勃·迪伦（Bob Dylan）、披头士（The Beatles）及约翰·列侬（John Winston）等人。其中汤米和杰姆斯乐队（Tommy James & the Shondells ）主动拒绝参加演出的原因最为荒诞可笑。乐队主唱后来说起缘由，估计肠子都悔青了，他是这样描述当时犯下的错误：

> 那时我们正在夏威夷，我的秘书打来电话说：“听着，有一个在纽约的养猪农场主希望你在他的院子里演出。”他就是这样告诉我，所以我们拒绝了。几天后我们才知道自己错过了什么。我们真想给自己一脚。

在艺术中心了解到这样的细节，会咧嘴大笑。

而后续的故事也有意思。那个当地政府官员在当年年底的竞选中失败，原因就是当地选民恼怒他同意让音乐节在镇上举行。纽约州和这个伯特利镇随后还通过了大型集会法，以防止任何大规模音乐节的再现。

第二年，牧场主麦克斯·耶斯格拒绝再将牧场出租给音乐节。为阻止那些想回牧场参观的游客们，土地主还在那一带撒了鸡粪。一周年到来之际，还动用了大型车辆和警车为路障。

直到 1984 年，土地主才允许在音乐节原址上立起了“和平与音乐”（Peace and Music）的纪念碑。

当音乐节发生 20 周年后的 1989 年，约两万名游客在全无约定的情况下，出现在音乐会原址上纪念那场伟大的音乐活动。接近 2000 年时，这一带地方政府和居民们的心态才渐渐缓和下来，以开放的心态接受这个曾经让他们头痛愤怒的音乐节历史，承认他们与这段盛会的特殊连接关系。

几年前，美国富翁艾伦·格瑞买下了这片地，共 5.7 平方公里的牧场，并在他女儿的说服下捐了出来，建造了伯特利森林艺术中心，艺术中心 2006 年 7 月建成并对大众开放。

按它所在的空旷的牧场比例看，艺术中心建筑的本身不算大。外形以及内部空间处理得很有特色，特别是陈列再现音乐会的博物馆设计得十分精彩。高阔的展览空间被紧凑地利用，各种尺寸的电视屏幕自动或被触动后就播放纪录片和采访报道。当年的照片、唱片、报纸、演出服装、国旗等实物陈列有趣好看，在灯光照射下散发出迷人的神采。展览中最激动人心的是那巨大的环形屏幕，不断播出当年演出实况，台上音乐家高歌，台下观众翩翩舞蹈，泥泞的巨大场景中大量细节被放大，令参观者可以穿越几十年。从头回望，近乎身临其境的跟着激动一番。

舞台顶灯打出的是当年著名的反战符号和雏菊图案，灯光

半躺在松软的沙袋上，看当年的纪录片

地毯上色彩变幻，打出有反战意义的雏菊图案

1 | 2
3 | 4

1. 鲍勃·迪伦因故没能参加，但他是这场盛会的积极支持者

2. 有签名的吉他

3、4. 广告画

无声移动、组合，改变着地毯颜色，光划过观众的身体和脚，拍下来，张张都是好照片。半暗中，坐在软包上或半坐半躺在地上，全神贯注观看回顾着几代美国人熟悉的音乐和声音。当年那么多年轻美国人站起来反越战，躁动集结起来反抗非正义的国家政府行为，正是在这样一场音乐会的背景承托下，美国人的自由精神如鲜花般开放。

博物馆下面一层是当年海报的收藏展览。从原始设计到正式海报，还包括几位著名设计者的电影、音乐、舞台海报等设计作品，色彩

新建的室外音乐厅

当年演出的草坪

斑斓，非常好看。当年音乐会的广告画面和旗帜——那只可爱的自由的伍德斯托克小鸟在我心里涌出一丝悸动，音乐会的文字让四十多年后才有机会见识的我也颇为感动。

“伍德斯托克：和平，音乐与爱的三天。”

新建的露天音乐厅在牧场山丘的另一侧，与艺术中心遥相呼应。

艺术中心前的草坪上还有不少精彩的现代雕塑，成组的摆放着。艺术中心四周的树还小，才植树几年光景呢。

转悠中不断拍照，时间总是不够，无法件件细看。

走上当年音乐会的舞台区域，站在还保持着自然形态的草地高处，再一次静静观望，遥想那四十多年前的场景。

四名二十岁出头的年轻人发起组织的这场伍德斯托克音乐节，演变成美国音乐史、美国近代史、甚至可以说是西方现代文化史上的重要事件。这场音乐会不仅被滚石杂志称为“五十个改变摇滚音乐历史的时刻”中的大事之一，西方社会发展到今天，这场音乐会的出现无疑也是重要拐点。

美国史上最大的摇滚音乐节，成为这个国家 20 世纪 60 年代末期的文化试金石，美国后来的通俗文化巨大演变就此开始。

有疑问不得不从心底涌出。

同时代的中国，又有多少人知道在遥远的海那头，正有一群青年觉醒，在一场音乐会的带领下，以一种独特方式唤起了文化的巨变？

附言 POSTSCRIPT

幼年时的记忆不多，最早的记忆停留在几岁时光。

那时年轻的父母都在四川省歌舞团工作，妈妈做过民歌独唱演员，国立剧专毕业的爸爸是省歌舞团的编剧。年轻父母带着我们三个小孩，全家曾在省歌舞团的宿舍里住过几年。

模糊记得我们房间的墙上贴着从苏联画报上剪下的《庞贝城的毁灭》油画印刷品，那是我记忆中的第一幅绘画。还记得那幢灰楼楼梯宽大，整个楼层无厕所，我曾哭泣着连滚带爬奔去楼底公共排污处的记忆，模糊难堪。

也记得练功房空阔，那些身材修长的男女在把杆上搭大长腿。还记得趴在乐池边上，看乐队各路人马各自调试自己

室外的雕塑作品

乐器音准的画面，写下这段字句时，乐池里特有的乐器杂音清晰回到我耳边来。

那时的耳朵已经对音乐有了特殊理解和记忆。

但要挨过那么长久的时间，我才有机会听到一点点来自世界那头的，称得上真正的音乐之声，还要再过二十年光阴才能到达那片自由的青草地上，追寻艳羡那场西方音乐史的青春传奇。

两耳之间，的确隔着比大洋还宽深的距离。

静湖边艾伦的度假屋

伊恩的舅舅艾伦在美国宾夕法尼亚州的崴拉帕拉派克湖边有幢度假屋，他曾好几次邀请我们去那里度假，我们磨磨蹭蹭不着急，总觉着还有大把时间。不料五年前，艾伦突然去世了，那幢我们还没去过的度假屋就更遥远模糊起来。

艾伦与我婆婆爱丽丝的感情非常好，他的四个孩子与伊恩年龄相近，伊恩跟艾伦的女儿 Dawn 尤其聊得来。这次旅行来

通往艾伦的度假屋，树林后面大湖安静

美国，特地绕道宾州，要还愿——参观艾伦的这幢度假屋，也要看看久别的 Dawn。

在机场等我们的是 Dawn 的先生，那天 Dawn 还在学校上课走不开，她在当地的特殊学校里教书，教那些需要特殊照顾的孩子们。

宾州风景清朗，沿途的树还没长出新叶，农场人家的边上耸立着炮楼般高高的金属质地的粮仓。车在湖边、在林中开进开出，不大的居民社区夹杂在树林中。没有孩子和成年人在外活动的民居多属度假屋。偶尔有几只野鹿抬起头来，两耳支棱着，看着制造出噪声的我们一晃而过。鸟儿遥相呼应，疏林如画。

车停在路边的车库外，蜿蜒十多米的宽木台阶新漆过，干净漂亮无青苔。阶梯下面的花园不大但平整，从这个角度看，度假屋仿佛一层，是那种美国常见的民间建筑。一推门先是居家最重要的活动场所——厨房、客厅和饭厅；穿过客厅打开落地门，站在室外的主阳台，阔大的一片静湖便横陈眼前。

度假屋很大，超乎我想象。建筑竟有上下四层，一个大家庭住进来也宽敞够用。

表姐 Dawn 是此地老居民，在这幢屋子的马路斜对面有幢稍小的屋，是多年前艾伦买来赠给 Dawn 的。艾伦知道 Dawn 爱自然，爱大山爱雪山，爱这静湖，买房帮助当时抚养两个儿子的单亲女儿。那幢小屋帮助 Dawn 母子三口安身，给了他们

很有特色的湖边度假屋

温暖。Dawn 的两个儿子前几年大学毕业后独立生活了，而单身多年的 Dawn 几年前又遇到她现在的爱人，志趣相投令他们走进了婚姻。得知 Dawn 重组家庭，我们真为她高兴。艾伦去世后，再婚的 Dawn，搬进这幢度假屋开始了新生活。

Dawn 的丈夫曾是位职业旅行家。他和他父亲曾有一家深度文化旅游公司，带领对他国文化有兴趣的美国人去过很多国家，包括 20 世纪 70 年代初刚开放的中国，满墙的各国纪念品显示出他走南闯北的足迹。可惜近年来美国经济衰退，这家深度旅游公司停业了，现在的他成为当地旅游咨询中心负责人。

喝茶放松后，我拉开冰箱瞄一眼，冰箱里塞得爆满的是各种盒装速食和沙拉，两个工作忙碌的人显然习惯用速食品填饱肚子。我决定反客为主，从冰箱里搜出鸡腿解冻，再找出有些发蔫的西兰花以及姜蒜，翻出两瓶墨西哥辣椒酱。让伊恩给正在回家路上的 Dawn 打电话，请她在超市买包腰果带回来。用这些材料我可以做出味道不错的辣子鸡丁，蒜茸西兰花和米饭。

飞奔进屋的 Dawn 见到我们真心快活，好几年不见有说不完的话。

木建筑内有很多盆栽绿植，其中两大盆像树般的藤蔓是 Dawn 的母亲生前喜爱之物，直到今天也生机勃勃。Dawn 说它们长得那么好，在同类植物中少见。我喜欢木地板木墙的温暖色，半躺半坐在大沙发上环顾，满眼舒服。

Dawn 安排我们住最下面一层，空间蛮大有两间卧室，还有客厅、露台，一应俱全。喜欢音乐的儿子们假期回家住在这空间，再喧哗也不会影响楼上其他人。这层还包括储藏室、洗衣间和供暖设备间。宾州的春天气温低，我们到后第二天甚至还飘了小雪，早晨拉开落地门去阳台拍飞快蹦蹿上来寻食的松鼠，几分钟就冻得咳嗽。楼下开着供暖设施，在室内完全不觉得冷。

参观时，我注意到楼梯下有一个不大引人注意的一角，角落里半人高的书架上放着些书籍、资料剪报和几个纸盒。书架对面墙上的老式木镜框里，九张已经变色的黑白照片分三排并列，照片下面有两排文字：

OUR BOY CHEMIST

1927-1931

照片上几岁大的小男孩戴着好玩的牛仔帽或节日彩帽，有单人照还有与父母哥哥姐姐的合照。我能认出这是艾伦小时候的照片。

我婆婆爱丽丝送给过我们几张老照片，其中有她幼时和弟弟艾伦在沙滩上的合影，但镜框里的照片我从未见过，赶紧拿过相机把照片连同镜框一起拍下。

婆婆六兄妹中她排第五，艾伦最小，因此无疑是父母哥哥姐姐们的小宠儿。不过在艾伦出生后两年，经济大萧条就拖垮了整个西方世界。婆婆的父亲当时是新西兰最大的屠宰公司的总工程师，在那年头也失业了，富裕的家庭生活因此巨变。他的子女们，特别是最小的两个孩子爱丽丝和艾伦，是在艰苦环境中成长的。

照片上艾伦的父母身材清瘦，小男孩满脸无忧，快乐的神色。

照片和书架上的所有物品都是艾伦之物，当艾伦去世后，他的五个孩子们各自挑选了些物品作纪念，Dawn 的收藏尽在于此。

Dawn 翻翻书架上的书，指着其他物品对我说：“随便看。”主人这么说了，我真想坐下来仔细翻翻看。伊恩却悄悄伸手一拽，拉我随 Dawn 去楼上办公室，去看她的婚礼录像。

关于婚礼的故事两年前就听说过，盛况中加意外插曲，无比热闹。

当时，他们租了一富人家的大型度假庄园，邀请了双方近百位亲朋好友参加婚礼。位于林中的度假庄园有好多幢设施完备的家居建筑，有足够的房间留客住宿。婚礼帐篷搭在林中的空地，一场浪漫美丽的婚礼却与一场大暴雨冲突，新娘新郎和全体客人狼狈着却也欢笑躲雨的故事，远在澳大利亚的我们早听说了。

快进到有趣的那段：Dawn 撩起白婚纱，把裙摆掖在腰间，领着她的两个儿子在帐篷内的泥水地上一起跳艾伦的“哈卡”。让熟悉也非常喜爱新西兰毛利哈卡战舞的我看得眼泪都快笑出来了。

兄妹五人

艾伦的同事、朋友都知道他是新西兰人，虽然他大半辈子都在美国度过。做美国大学教授，娶了美国妻子，有五个在美国生长的孩子们，但他依然不忘世界小国新西兰，一生都以自己是新西兰人而骄傲。

艾伦个性热情洋溢且非常好玩。Dawn 说艾伦在不少国际学术或私人场合上都表演过他的毛利“哈卡”。准确地说，是艾伦的新西兰记忆中毛利语言的调调，舞蹈动作神似毛利的哈卡，但却全无毛利战舞咄咄逼人的气势，那是艾伦自己的哈卡。要是艾伦活着能见到他女儿再步入婚姻殿堂，一定会在婚礼上跳起他那著名的“哈卡”的。

以同样幽默方式起舞的 Dawn 在婚礼上表示了对她父亲对新西兰的敬意，那段录像真是很动人。我们坐在艾伦的度假屋——现在属于 Dawn 的新家看这段录像，笑中有泪，仿佛艾伦就坐在我们身边，他的笑声好亲切。

在 2000 年获得诺贝尔化学奖之后，艾伦更加积极紧张地工作着，他依然是普通人，是父亲、丈夫、祖父、舅舅，也是化学教授、是忙碌一生的学者，是热爱生活生命的美籍新西兰人。

当艾伦突然离世的消息传来，世界那头的我们并不清楚他的健康是否因他早年亲手处理的化学实验物品所伤害，也许他自己知道这种骨髓增生异常综合征（myelodysplastic syndrome），一种类似白血病的疾病的来由。但他全然不顾地

好几年不见，说不完话的姐弟

继续高速运转，积极参与各种国际学术交流。他关注着新西兰化学界，也关注着中国吉林大学以他名字命名的实验室学子们。全无缓停去享受盛名荣华的艾伦，正准备从美国飞回新西兰参加一场国际学术会议前，终于倒下，他再不能回去那片珍爱的土地了。

我记得莫言获诺奖后，他父亲在高密乡下地里的红萝卜被蜂拥而来的慕名者拔光。接下来是当地政府官员声称要花几十个亿在高密大种红高粱的壮语。再后，几年前以千元人民币注册的酒商标“莫言醉”，待到诺贝尔文学奖花落莫言后，即刻被某酒企业以千万高价购买。

人间的喜剧闹剧黑红交错，幽默到极点的喧哗在中国登场，文学诺奖之花开在如此心态的土地上，荒诞之果竟令人无言以对。

诺贝尔化学奖获得者艾伦的孩子们显然毫无兴趣“消费”

1|2
3|4

1. 湖边有很多这样的小白桦

2. 鸟儿们的家

3. 野鹿自由自在

4. 热爱艺术的人，在湖边堆砌出美

他们著名的父亲。特别是 Dawn，绝不会把她父亲的名字挂在嘴边到处炫耀，那珍贵的遗物被低调地自家收藏，在她看来是再自然不过的事。

艾伦美丽的度假屋也绝不会被新西兰或美国官方、私人利用，引入商业吸金。度假屋会继续安静地矗立在那片静湖边。过去时光中，艾伦和他的家人在那里度过温馨时光，留给他女儿和孙辈们的温暖依旧在。艾伦的亲属朋友不论何时去到那里，艾伦的身影笑容无处不在。

已不在人世的艾伦，他的学术成果将继续

造福于世界，他的度假屋会在其子孙们的关照下安静长存下去。

附言 POSTSCRIPT

关于舅舅艾伦：

艾伦·麦克戴米德（Alan MacDiarmid），1927 年生于新西兰。

2000 年诺贝尔化学奖获得者，同时也获得了新西兰爵士勋章，美国工程院院士、美国科学院院士。

艾伦毕业于新西兰维多利亚大学，拥有美国威斯康星大学和英国剑桥大学的双博士学位，1955 年始任教于美国宾夕法尼亚大学化学系，为宾大“班查德”化学教授，达拉斯德克萨斯大学“詹姆士·凡·厄尔”科学技术荣誉特约讲座教授。

自 1994 年起，艾伦就与中国吉林大学长期保持密切的学术合作关系，1999 年他被聘为吉林大学名誉教授，2004 年被聘为吉林大学教授。2001 年中国吉林大学以他的名字命名了实验室。

艾伦积极推动新西兰麦克戴米德先进材料与纳米技术研究所，以及中国三峡大学艾伦·麦克戴米德再生能源研究所的建立。

艾伦·麦克戴米德、艾伦·黑格尔和白川英树三位教授因在导电聚合物领域的开创性贡献，获得2000年的诺贝尔化学奖。

而表姐Dawn，目前重归于她自己独立而积极的生活中。

伊丽莎白的美国豪宅

这次环游旅行地之一,要在美国的石油城休斯敦稍事停留，在阮迪家住几天。

认识阮迪好几年了，每次他来悉尼出差时只要有空闲，我们都会邀他来做客，他对我的川菜更有兴趣。他是位绅士，体型巨大，长得极像二战时的英国首相丘吉尔，以至于每次见到他我就忍不住叹惜，说他该去做特型演员，完全不用化妆的神形皆似！这人也很细腻，几年前我滑雪摔断腿时，他在美国听说了，就特地寄来几十张古典音乐 CD，以示慰问。

阮迪是工程师，在能源大公司里工作几十年后，自己开了家石油顾问公司，雇一帮业务出色的能源方面专家，业务开展得很不错。

伊恩所在的悉尼能源公司不时聘他来做些业务，支付酬金按小时算，他一天收入比普通蓝领工人的周薪还要高几倍。阮迪也邀请我们多次，去他新建的大房子住几天。

印象深刻的记得 2005 年美国卡特里娜飓风。飓风对休斯敦沿海一带造成极大损害，令成千上万美国人无家可归。飓风期

豪宅的楼梯
螺旋上升

湖边的私家
游泳池

间，当时的休斯敦市涌入二十多万灾民，市内各大体育馆、酒店、医疗中心等公共场所全部爆满。阮迪的新家刚好临湖，完全有可能受到天灾的直接肆虐。那阵子，阮迪不时发些当地的气象卫星图片给我们看，看得我们为他紧张，那种心情至今记忆犹新。

顺道去休斯敦他家做客，多少有了点特别意义。

我们是从美国东海岸的宾夕法尼亚州飞到南端得州的休斯

敦。飞机正点到达，行李却出得非常慢，阮迪夫妻跟我们在机场大厅里边等行李边聊着天，才几分钟我已热得汗流浃背，胖阮迪更不耐高温，满脸是汗衬衣湿透。他太太伊丽莎白个子高，非常窈窕，美人脸上干干净净的滴汗不出，我很羡慕不动声色的伊丽莎白。早听说过休斯敦炎热得很，但到底是怎么个热法全无概念。在有空调的机场晚上都热成这样，这个城市白天的温度就不难想象了。我们刚从初春时节甚至飘着小雪的宾州，飞到这石油城休斯敦来，这种热法让我浑身湿痒难过。等了好长时间才见行李从传送带上冒头，拖下行李随阮迪夫妻赶快去停车场。钻进车里，空调凉风真是爽。

车出机场就上了高速公路，飞快地开了二十来分钟后拐下普通公路，我们左转右转数次，根本没机会见识暗夜里的休斯敦。很快车就进入位于树林中的居民区，模模糊糊感觉到这个居民区是非常有历史的传统老区。

拐进阮迪家的前院，大喷水池在前，城堡般的建筑被灯光照得明亮。

伊丽莎白直接把我们领进楼下卧室，说请像在家里一样随便吧。她知道我们早已热不可耐，想尽快放松。

热昏头的我还不忘记提问，可以拍你家的照片并且贴到网上吗？伊丽莎白笑说没问题，只要不写出地点、门牌号码，不贴他们大头照就行。

伊丽莎白一上楼，我赶快冲进浴室，闷热的休斯敦熏蒸出我一身大汗，衣服干了湿、湿了干的都有味道了。室内空调大开着，洗净睡觉，换时差。

一大早醒来拉开窗帘朝外看，室外的大湖沉静，有很轻的雾。三头野鹿从阮迪家院前的湖边轻盈跑去，赶紧抓起相机拉开门追出去拍。野鹿掉头跑回树林，我仅来得及拍到它们的小小背影。

索性沿湖边光脚走走，湖周围的宅邸皆是豪宅，各据湖边好大一块地面，豪宅之间以树林分隔，各具特色。阮迪说湖是人工湖，环绕湖建起的民居都很新。休斯敦的清晨露珠晶莹短暂，湖上的雾消散得很快。

转身进到室内关好门，伊恩还在沉睡，楼上的阮迪和伊丽莎白也没动静。轻手轻脚在楼下客厅厨房兜一圈，从室内不同角度看这房子，才意识到这幢豪宅的外观实际并不张扬。

建筑呈深灰色，虽然正面的喷水池有点夸张，但建筑的外观还是内敛的。所有豪宅之间的分割封闭了去湖边的通道，没有闲人能从湖那边见到豪宅背面的样子。

把阮迪的家称为豪宅一点不过分，因为这幢建筑内有五间宽大的卧室、九个洗手间、四个大小不一的客厅、两间办公室，还有健身房、家庭电影院及可放四辆车的大车库，外加两个工作室、大洗衣间和大储藏室各踞房子尽头。楼下面朝湖的中央位置是极大的厨房，楼上楼下半露天的长廊宽大可烧烤、可在沙滩椅上享受阳光，室外的草坪以及游泳池构成的活动空间巨

豪华厨房的一角

大。可眼下这幢豪宅就他们夫妻两人住。

这房子的设计并非那种样板房千人一面，设计很有个性，很有特点，所用材料上乘讲究，如果以饭店星级来评，阮迪和伊丽莎白的新家不会在五星之下。

建筑豪华并不是我最感兴趣的，我惊讶的是这幢建筑是伊丽莎白自己设计并监督建成的。要知道伊丽莎白退休前是数学教师并非建筑设计师呢。这个人的想象力非凡，但外表又是那种有点不食人间烟火的样子，怎么会造房子？追问下，惊讶得知这个建筑是在她操控下完成的第二幢自家城堡。

说来话长，设计方案最先还是请专业设计师设计的，但从外观到内部结构所有细节想要完全遵从伊丽莎白的意愿，沟通起来非常艰难。

比如，她希望厨房和所有房间里的壁柜全部直抵天花板。设计师不解，说为什么非要把橱柜顶上天花板？上面留点空间不行吗？美国的设计也是千篇一律的思路，流水线大批量生产的壁柜尺寸便宜又现成，独特设计的材料都得定制，要花很多钱。

设计师没想到，伊丽莎白外表温和，骨子里却非常固执，最后只好投降。设计图纸是严格按伊丽莎白的设想构画，完成的不是表面的奢华而是特别适宜她居住的家。伊丽莎白说类似很多细节一时都讲不完。

跟设计师争论还不足奇，更奇的是整个施工中她就是天天到施工现场的项目经理，检查、监督工人是否按设计图纸干活。

设计的难度跟管理建筑工地的难度全不相同，自己做建筑经理要懂图纸，要发现得了问题，还要督促工期、质量、建筑材料把关等各种专业性极强的工作。最让人头晕的还是管理工

阮迪的办公室，男性色彩浓重

伊丽莎白的办公室与整个豪宅色彩协调

地上那帮干活的工人，伊丽莎白建筑工地上的工人是一群几乎不会英语的“阿米哥”——墨西哥工人。

美国有大量非法移民来自墨西哥，铁丝网的高墙和长长的沙漠也难以阻止墨西哥人进入美国。很多墨西哥人就落脚在得州。在得州、在休斯敦，建筑公司接了生意后，多少会私招些“阿米哥”来干活，这是谁都知道的秘密。

建筑工地上有没有非法移民不在伊丽莎白掌控之中，她只知道这些“阿米哥”不会英语。两年时间她天天到施工现场上班，检查监督工程，听得我都头晕，想象不出伊丽莎白怎么能与他们交流沟通。

伊丽莎白是那种皮肤白皙细腻，有英国贵族派头的女性，是那种即使在家在厨房忙活也穿着考究，头发梳得一丝不乱，很注意自己形象，做事认真严肃的淑女类。两年里她天天在得州酷热烈日下，穿插在一群不会英语的闹哄哄的“阿米哥”中间。画面一定很奇妙。

更绝的是她的家居然完美建造出来了，建筑细节非常耐看并经得起推敲。

仔细打量我们用的那间卧室墙面，蓝色墙上的花纹雅致，受光的不同角度产生了微妙的色彩变化。伊丽莎白说是种新型材料可直接涂抹上墙，按个人喜好调制出颜色，花纹由纯手工涂抹，看似随意的人工涂抹法把墙面变得极迷人，这种方法还避免了贴墙纸出现卷边等后遗症。

伊丽莎白还是从杂志上读到这种新技术的，按配方买齐材料要求工人按介绍的方法工作，非常成功。再看其他几间，卧室墙面的色彩也不同，这种材料把每间卧室调理出自己的风格来。

在国外生活二十多年，早成为称职厨娘的我，对厨房尺寸大小、厨房的柜橱冰箱洗碗机水槽等设备是否方便顺手非常在意。所谓厨房是家庭最主要的活动中心一说，宽敞方便的现代厨房具备的功能远远超出炮制三餐的基本功能，越来越不能容忍老式厨房的窄小肮脏的状态。

伊丽莎白新家的厨房在楼下最中央，进正门穿过前厅，墙后全开放的厨房与餐厅和小客厅相接。厨房位置的重要性，直接撑起这幢豪宅的半壁江山。

厨房设计思路照样有特色，L 型的炉头在两面大玻璃窗。视线延展，一抬头就看得到私家游泳池和后面的人工湖，在游泳池戏水，在草地上玩耍的孙辈们全在视线关照中。小客厅墙上的电视加上炉头可升降的电视，如果厨房里的人想看电视的话再方便不过。厨房中央的厨岛比普通家庭尺寸大很多，厨房平台上下还有两台洗碗机两套清洗水槽，整整一堵墙的橱柜中还有两台大冰箱。

什么都是两套的厨房设计少见，我好奇地问。

伊丽莎白说他们夫妻有五个子女，孩子们都结了婚，已有十四个孙辈，每当节假日他们全回来团聚时，这么大的厨房这么多的设备才够用呢。

回头再看她的五间大卧室，每间卧室都宽大，有双人床，房间还自带全套设施的洗手间。除他们夫妻自用的主卧室外，四个住在外州的子女们从美国各州回家来，那四间大卧室一家一间正好。还有一个女儿安家在休斯敦，就不用考虑她家了。伊丽莎白认为自己和孩子们要住什么样的房子，设计师哪里懂？要不参与设计的话，这幢宅子不知会是什么样。

她边说边拉开墙柜抽屉给我看那些极个性化，但又很实用的细节。像贵重瓷器之间，用固定在抽屉底部的防撞防滑小木棍隔开；各种餐具之间有各自的间隔办法，室内物品的摆放也都经过细致的设计，可见这位家庭主妇生活得十分用心。

从豪宅的地理位置到设计，再到品质等全面看，哪怕建筑公司雇用了工钱便宜的“阿米哥”，这座住宅整体造价也相当可观。

这幢豪宅我好喜欢，尤其是细致设计处让我动心。阮迪和伊丽莎白肯定是有钱人，但不是那种钱多得没处花的炫富烧包类，这幢豪宅是他们的美丽港湾。

阮迪和伊丽莎白出生在普通的美国家庭，两人是高中同学并相爱，结婚几十年来不离不弃到今天。阮迪在能源公司工作之后自己开公司做老板，伊丽莎白中学教师退休，成了专职妻子、母亲和祖母。两人一辈子积累的财富不菲，子女们也早成家立业了，这对夫妻是可以彻底退休放肆挥霍的，不过看来他们毫无减速松懈之意，在公司和家里都忙得很。

听伊丽莎白说话，细看这位一米七，生养过五个孩子，还工作一生的女性，时间似乎没在她脸上留下沧桑，她依然苗条、腰板笔直，脸上没有老年斑，甚至皱纹稀少，看她的形象会很容易以为她一辈子是养尊处优。

我有点走神跑题地问起她皮肤怎么这么好，她笑笑回答说从年轻到现在没用过任何高级保养品，也可能是遗传因素吧。她的家族有波兰和德国血统，她祖母到非常老的时候也都皮肤白嫩细腻，是很漂亮的老人。但她家族的女性都是室内外忙碌一辈子，没有人是待在屋里捂出白里透红的。

我信她说的这些话。在她家住的几天里，看她忙碌着各种杂事，里里外外。豪宅维护成本很高，阮迪不会退休，伊丽莎白在家里工作也很自然。

告别阮迪和伊丽莎白之前，我特意抓拍了伊丽莎白几张肖

女主人

像，她漂亮的银白色头发在风中飞舞，微笑的表情生动，美极了。

附言　POSTSCRIPT

休斯敦是美国得克萨斯州的首府，这座建于 1836 年的城市成长迅速，也是墨西哥湾一带最大的经济中心。到这个著名城市旅游，是见不到那种由传统商业中心加居民区慢慢扩大出的城市面貌，这座城市东一块西一处的区域，是被无尽缎带般的高速公路连接而成。

这座城市以其石油能源、航空业及运河闻名，著名的太空城吸引无数游客。在这些领域里汇集了来自世界的大量顶尖人才，美国前总统布什家族也出自这个州。

在机场的种种

①

出川走出国门那天起，不知觉间在各种机场候机花去不少时间。那种时刻，人在机场穿梭游走如野雁野鱼，默默看世界，有趣美丽的男女老少最提精神，即便是晃眼即过。在候机时漫不经心瞄人，颇像艺术家画人物速写，寥寥数笔，未必深刻，但记得住的一定生动。我知道我的形象记忆还马马虎虎，远比对数字名字的记忆好。

在澳大利亚、新西兰机场时常见到政界、影视界、体育名人。这类国家的政治领袖出行，就算有警卫陪同，也会大方地和老百姓打招呼。跟普通人握手合影是政客的必修课，就怕政客主动伸手过来而民不接招甚至还给张冷脸，尴尬的就是当朝政客了。不扰民的政客常常悄然静坐，埋头用电脑做自己的事，等候登机。澳大利亚政府的部长、前后排议员政客们经常要满天飞，都是自己拎着小件随身行李或公文包，要么独自要么结伴候机，澳大利亚旅客见惯不惊，根本不觉得他们高人一等，值

罗马机场，以达·芬奇的人体比例素描为蓝本做出的立体木雕

得另眼看待。

不久前在候机大厅里还见过现任澳大利亚总理马尔科姆·特恩布尔（Malcolm Turnbull）的妻子，她是前大悉尼市长，丈夫又是当朝国家总理，居然就那么独自静坐在普通旅客的长椅上读书，四周没一个像是她的警卫保安。她的脸型硬朗，发型极有特色很容易辨认，但是没人多看她两眼。

那次碰到澳大利亚游泳名将鱼雷伊恩·索普（Ian James Thorpe），还是他在国际泳坛上大红大紫的时期，背着大旅行袋如邻家腼腆的大男孩，迎面走来印象深极了。可这家伙太高大，我只敢远观绝不敢上前去请他合影签字，过一把追星瘾。一想到小矮人和巨人同现的画面自己就忍不住乱笑，那是姚明身边常有的滑稽情景。

还多次遇到新西兰橄榄球全黑队的明星球员，这些形象端正，肌肉线条明显的男性，是澳新两国大众尤其是女性球迷和孩子们的梦中巨星。

候机大厅人多如过江之鲫却不喧哗，高分贝的声音多是广播声。

②

讨厌之人也有。记得在旧金山机场登机口隔离的空间里，就遇到过这样一位，那个模样还算端正的中年男一屁股坐到长椅上与我面对面。在海外生活时间长了，也习惯朝陌生人笑笑以示友好，不料他立刻接住我的微笑，假装友好地搭讪说起话来。可他没说几句骨子里的粗野就憋不住了，他的话语都是脏话。暗暗怀疑这人是不是神经有问题？或者是个在野码头烂海船上混的浪人？他说得来劲还掏出胶片相机对准我，我赶紧拉下墨镜闭眼不再理他。过一会儿睁开眼睛一看，左右邻座旅客都在装睡无人睬他，这家伙满肚子邪火骂骂咧咧，满嘴脏话自言自语。

美国“911”事件后，很多国家的机场都改造封闭了候机室，旅客安检后进入隔离候机空间后就不能随意去外面闲逛。

好在等候的时间不算太长，广播登机了，周围的人好像都轻嘘一口长气。碰到这种流氓气息的人，以无视为挡箭牌比较合适。后来登机再也没见到他，也许他是下一班飞机的乘客？要是在机上不幸与这种人邻座，真不知怎么熬下去。

那次候机经历教会了我不到最后时刻尽量不进封闭候机室，大机场里的商店接踵比肩，只要非极累状态，在候机大厅里乱走，上下阶梯也是很好的锻炼法，电脑前久坐的人，此时趁机练练肌肉也不坏。

只不过专攻游客钱包的免税店和各种大名牌店对我无甚吸引力，虽然很喜欢看他们的橱窗设计，但商店里的高档商品我几乎没兴趣。这几年国人钱包鼓胀，免税店里，指点江山般买下几千上万美元商品的华人真多，店员颠颠地满脸带笑顺随华人身后的场景时现。

免税店、名牌店雇用店员的族裔是能说明钱财风向的，要知道 20 世纪中的西方世界，高级商店和餐馆最爱雇的是会日语、德语的人。现在日本和德国游客依然是澳大利亚、新西兰常客，只不过如今的他们大多不再是购物狂，转而成了钟情异国风情之人。年轻的德国人成群结伙来到这两个国家还多是背包客，因其礼貌守法也受到欢迎。眼下的机场免税店、名牌商店开始雇佣大量的华语店员，例证了华人确实从事着拯救豪店老板的钱包之业。中文里重新启用“土豪”这个词时，并没意识到其中啼笑皆非的含义。

③

我像个好奇的小孩，喜欢看那些形形色色的过客，比如澳大利亚、新西兰候机室内常见的太平洋岛国居民，就百看不厌。

移居到澳大利亚、新西兰的太平洋岛民多是有信仰的人，周末往往要去天主教堂、基督教堂和橄榄球运动场等地。而且男女不论胖瘦，站相坐相多端庄、威武有气势。每次见到那些大块头男人上身黑西装，衣摆下支棱出的却是浅黄棕色的草席裙，觉得格外有趣。

太平洋岛民本来是亚洲人种的骄傲，浓眉大眼身高体壮。看过塞尚画的那些棕色美女，读过毛姆笔下的夏威夷人的故事，更觉得那些男女是那般风情万种。

遗憾的是，这个族群身上有发胖基因，很容易发胖，动不动就长成日本相扑般结结实实的大有人在。岛民们的孩子可爱又淘气，精力无穷，但多半已有发胖倾向，看得出他们成年后也会继承祖辈的体态，但有什么办法？存储脂肪的基因经过数千年演化，以应对季节性食物的丰盛与短缺。哪知这几十年世界环境巨变，雨季旱季中再贫穷的岛民，基本生存条件也少有挨饿时刻。再加上他们普遍热爱油炸食品，肥胖就成为了常态。在候机室里见到一群群这般体态男女，仿佛复活节岛上的那些脖子短粗，身材厚实的巨人石雕被天神注入了生命，穿着现代衣衫亦庄亦谐活了过来。

不同国家航空公司的机尾标志

爱看太平洋岛民还因他们喜感十足，身上有开朗的欢乐基因，有那种天不会塌下来的乐观感，很少看到满脸苦大仇深表情的岛民。

那天见几个大老爷们套着异常鲜艳的花环进了候机大厅，好奇的我等着他们走过来征求拍照的许可："可以看看你美丽的花环吗？"

老男人骄傲地挺胸让我近看，还同意我的手机凑近拍照。

天！绢花花环下居然有糖果、小包巧克力等甜食！华人回乡总会给家人买很多礼物，大包小包的礼物占去行李大部分空间。这些岛民脖子上的"糖花环"也不知是给成年人还是给孩子的？这好主意也只有岛民才想得出来！

太平洋岛民当然并非只关心吃喝、逍遥开心，仔细看，发现他们对孩子的教育也蛮上心。机场内曾见一胖妈妈带着两个淘气的胖男孩坐着候机，胖妈并不直接阻止两个男孩打来闹去，很聪明的一边看手机一边给两个男孩口授算术题要他们心算回答。没想到长得很帅的大男孩比较迟钝，掰着手指头数数还不如淘气的弟弟心算得快。看一阵看得我忍不住笑，胖妈妈也偷着乐。两个男孩穿着讲究规矩，短袖衬衣下摆束在短裤腰里，很像是去私立学校读书的打扮。

④

在中国香港、新加坡、洛杉矶等大城市的大机场候机，吸引眼球的照例是多得绊人脚的各色食店，大型美食图片花花绿绿的就是要招人坐下大吃一场。再说出门人钱包总是鼓，不在机场消耗些说不过去。客观说，候机大厅的餐馆种类愈多，价格就不会贵得离谱，但食物味道如何则是谜，尽管照片看上去

洛杉矶机场外的美国警察

不错。

一般情况下机场内餐馆的图片多数能勾出饿意来，可走一圈真坐下的欲望并不强，有时勉强进去了，多半又退出来。记得有次进了家中餐面馆，离柜台还有几步远就被挡住不易深入，七八位把双肩包前挂的国内男女游客，堵围在桌子之间，大声与导游讨论自己要酸辣面还是牛肉面。在这群人身后等几分钟不见有散开的意思，地面还有擦过嘴的纸巾，内心涌上的一丝不爽促使我离开，反正小馆多的是，选家人少的餐馆饱胃吧。

不远处的菲律宾小食店看上去还干净，坐下乱点了一道菜粉，端上桌的食品让我难过，就一盘生菜粉丝配上不甜不酸的调料，绝不美味。怪不得那群国内游客在味道熟悉的饭馆里打堆，虽说质量不能与家乡餐馆比，但至少不会错点全然陌生的饭菜。勉强吃了半盘冷菜粉丝回过神来，那堆大嗓门游客说的是我家乡话，满是热辣辣的滋味。

餐馆前公共桌椅对我来说更主要的作用是填入境表。即将过海关，那时才摸笔找墙角慌张填写很不方便，有时进海关的旅客队伍太长，填好表再从头排队心情都坏了，不如从容地在公共餐桌填好。

⑤

航空公司贵宾厅又是另一番滋味了，不用到处找安静的地方。航空公司的贵宾室大小不论，环境以及提供的食物饮料也有差别，但只要进去总能放松一段时间。

其实贵宾室大同小异，新西兰的Koru贵宾室情调甚合我口味，服务态度好，提供的食品相当不错，各种酒饮也丰富。在贵宾室内寻张舒服沙发放下小件行李，取回一盘自助餐、一杯新西兰红酒，边吃边看新西兰全黑橄榄球赛的实况，再闭目小睡几分钟，放松冲个澡，时间过得很快。

意大利、挪威的贵宾室称得上极简，这类贵宾室的色彩运用以及设计相当耐看，但就是没有美食美酒的记忆。

让我印象深刻的竟然是北京首都国际机场贵宾室的拥挤。这贵宾室应付不了中国金卡乘机人以几何数飞速递增。提供的食品有白粥面条之类，亚洲胃顿时开心。遗憾的是贵宾室设计滞后，空间极小宾客极多，餐室里桌椅全被占满，得等很久才能坐下。而厨房每推一车食物，旋即清空，斯文点的人就免不了挤不上的狼狈。从贵宾室楼层下望，里外环境皆人潮涌涌，不知怎的，竟想起非洲原野上追逐水草季节的迁徙动物画面。

新加坡樟宜机场游客流量大但并不拥挤，曾多次在那里转机，半小时四五个小时都有。知道离开机场去这个国家玩耍吃喝很方便，可我每次却愿意拉着手提箱在大候机厅里漫步。新加坡候机厅巨大，有五个之多，每个候机厅里都有设计美妙的主题公园，吸引我的便是新加坡兰花。

新加坡培植的兰花世界闻名，樟宜机场里到处有这种植物。

在几个候机厅走过，欣赏这美丽的植物实在是赏心悦目。拿出相机使劲拍照，各种兰花看得我神迷。那时的手机还没有记步功能，每次走了多少公里我不知道，上飞机落座后才意识到腿脚有点酸，但很开心，这样候机愉快得很。要是世界各国的候机大厅都有自己的特色，至少对我这样的候机者来说就如身在公园了。

⑥

还喜欢在候机大厅里的书店逛逛，挑一本不薄不厚想读已久的书带上飞机，要是没有特别想看的电影的话，从起飞读到飞机降落当是最好的飞行方式。香港机场书店里是可以买到不少有价值的书，但未必方便带进带出，常常三思后作罢。国内机场书店的书多，但合胃口的越来越少，

洛杉矶候机大厅里的艺术装置

不会做买卖又非政治家的我不爱经商之道与厚黑学书籍，厌恶心灵鸡汤。

机场书店让我失望的次数太多，就从家里自带书，可随身行李限制是不能带厚书的，能顺手放进衣袋的袖珍书稀少，再说出门旅行心思很乱，很难有时间静下来读完一本书，挑半天也拿不定主意带什么书好。到最后，我顺其自然成为手机客，去机场什么都可以不带，但手机绝不能遗忘。

⑦

不过最难忘的一次候机，却是在一个小得不能再小的机场里。那是我去新西兰朋友的牧场野营后，准备飞回奥克兰再转机回澳大利亚的一个地方小机场，一座跟现代国际大机场无法比拟的老式且微型的候机厅。

这机场在新西兰北岛的一个农村，一桩小方形建筑跟附近的农家建筑没多大区别。推开玻璃门进出，室内两三排靠背椅，两三个等待接机的本地人和几个机场工作人员各自发呆或忙碌。候机室比那些大机场的洗手间大不了多少，自然无地方安置高大上的商店和食铺，仅有一柜干净的老式玻璃台，卖些家常蛋糕、三明治和土豆片，还有本地报纸，自助投币饮料柜呆站墙角，嗡嗡的电流声传入耳中。

用半分钟时间就把候机室角角落落转遍，没有安检也无隔离候机空间的地方，连墙上的广告画都没啥看头，小桌上有些折叠的当地旅游资料可带走。通向机坪的门口铁栏横隔，像牧场上拦牛的栅栏。两个机场工作人员开了电瓶车朝跑道远处开去，不见车影时听见枪声，隔十秒钟一响，像是老式散弹猎枪。我猜，这是为驱散机场上远比飞机多的成群野鸟吧！

心顿时野了，推开候机室门往机场铁丝网旁边的草坪走去，没安检，进出绝对自由，但到底是各种机场出入多次的“城市人”，还是把双肩包背着，没丢在候机室，不像那些本地人如在自家那样随意放置。

新西兰是那样的岛国，地貌狭长，四面环海，北岛的远北地区雨水多，几乎四季常绿。四围丘陵起伏，时隐时现的公路上偶尔有几辆车无声地移动。微风中夏日阳光通透，丘线树形柔和，雨后天边彩虹的弧线完美下垂、晕散。

《西藏生死书》中有段上师去世后天边出现彩虹的文字描写，很美。大智者与彩虹，天上彗星划过的星宿下凡之说，皆是美好的说法。新西兰彩虹常见，甚至会有三彩虹出现，可眼前青翠原野天边的虹还是让我心底一动。

自己人生途中已经有过多少次这样长长短短的转折候机?

我从哪里来，又要到哪里去？我自问却无解。

后记

我和伊恩

记得中国民间有种说法，说夫妻时间久了，两人的面容会越长越像。

我认识的老一辈人中很多老夫妻确实是这样，他们越老，两个人的动作、思维、笑容最后协调得几如兄妹。我过去一直怀疑，他们当年会不会是按照自己形象去挑选生活伴侣的？不幸的是，他们的婚姻基本上与自我选择无关，很多人婚后才第一次见面。

那种形神皆近的婚姻模样却永远无法在我和伊恩身上实现。我们差别之大，一点相似的可能都没有。

他高我矮，他瘦我胖都是小事，关键是白种人与黄种人的差别太大，不管我们生活在一起的时间有多长，即使再多下意识的互相模仿，也绝不会同化成近似模样。想想真绝望，要变到协调的相像程度，除了神迹与整容，别无他门。

但不是一家人不进一家门，能吃住到一起的人，一场婚姻能按捺住性子过上十年二十年，肯定是有某种特殊胶着在起作用。两个永远无法长得相像的人竟然一同走过了这么多年。

Postscript

旅行可以说是婚姻本质最尖利的试金石，也只有在旅行中，夫妻才会真正捆绑在一起行动。反倒是真实婚姻大部分时间是在各自的时空里做梦、奔忙、应对各种家庭琐事。没有琐事分神的时刻腻在一起，内心冲突最易爆发。

争执要点小脾气，偶尔不讲理、固执己见之类的无厘头之事我们都会做。要决定去哪里玩怎么个走法，吃什么看什么也有各自的主张，不满的小牛角尖冒出来，不能妥协忍让就会划伤对方。

好在我们内心深处似乎都没有生长怨意荆棘的土壤，绝大多数我们能商量对话，可以互助互补。

我爱文学艺术、爱摄影，喜欢东张西望，对奇奇怪怪的人、事有相当的好奇心，还走停无定式，小个子的我会转眼钻进人景堆里，动作极快，游到想去的地方就几秒钟功夫，错眼就会不见了。

工程师的伊恩做事一板一眼，喜欢刨根问底，对事物的来源、结构、原理有浓厚的兴趣，进博物馆、美术馆他会细读文字介绍，听讲解员细致讲解，是个比我理性很多的人。

紧紧拴在一起磕磕绊绊的走不是我们所要的，约好汇合地点、时间，重聚时找得到对方就好。

待再聚时我得瑟展示着疯拍下的种种照片：那些不为人注意的美妙好玩细节，那些油画雕塑、建筑、过往行人的神来之韵，街上动人的树影，一晃而过的美女美男等等。他有时会饶有兴味观看，还偶尔为我补充些他听来读到的有意思的历史资料。不过要是他已经跑得太累或者看得太多，就不耐烦我津津乐道的照片了。

给我看最好的几张，他无情地说。

我不服气还气鼓鼓反击，我的照片全都好啊！这种自我鼓气牛哄哄的话，我只敢在他面前肆无忌惮也不脸红地说出来。

在美食方面，我们的口味非常接近，我们都爱中餐尤其是川菜，但决不排斥世界各国各种各样的美食。相比之下我更富于冒险精神，大概是天生味蕾左右，色香形皆美之食出现在我眼前，心和胃就蠢蠢欲动，渴望开怀大食，尤其是行走在法国意大利，情调浪漫味道绝好的餐馆更让我腿软。

那时的伊恩像个宪兵，他会阻止我昏头昏脑大吃的冲动，除非我真饿的情绪糟糕起来。在法国意大利这样的美食天堂，阻止人开怀品尝简直是犯罪！

待美食美酒入口人安静下来，转念一想他是对的。释怀下，用不离身的相机拍下每道菜品的照片，用心记住美味的细节与口感，图文并存，事隔很久再咀嚼如头反刍老牛。

写下这些感受很个人的文字，倒不意味着这本书的所有描述都是牵手私游记。在国外生活二十多年的我，依然是生活在别处的他乡人。

感谢上天，我还未走到麻木疲惫的地步，敏锐好奇中还能写出些文字给自己。

但能有空间写作确实与我牵的这手有关，那人不懂中文，但对我的写作有相当的宽容理解度。伊恩从未对我在电脑上消磨时间产生质疑，他还是我用电脑写作的技术依靠。

我和伊恩，是今天多元世界中，异国婚姻里的一对柴米之人。

回到我爱的写作中，渐渐学会静下心来做点事，不以成功失败判人，不以己之心妄度他人，眼中的世界便越来越好玩有趣，这日子真长但也愈加短暂。

图书在版编目（CIP）数据

在时差中漫步 / 胡仄佳著. -- 北京 ：北京日报出版社，2017.9
ISBN 978-7-5477-2674-7

Ⅰ. ①在… Ⅱ. ①胡… Ⅲ. ①游记－作品集－中国－当代 Ⅳ. ①I267.4

中国版本图书馆CIP数据核字(2017)第158121号

在时差中漫步

出版发行： 北京日报出版社
地　　址： 北京市东城区东单三条8-16号 东方广场东配楼四层
邮　　编： 100005
电　　话： 发行部：（010）65255876
总编室：（010）65252135
印　　刷： 北京博海升彩色印刷有限公司
经　　销： 各地新华书店
版　　次： 2017 年 9 月第 1 版
2017 年 9 月第 1 次印刷
开　　本： 880 毫米×1230 毫米　1/32
印　　张： 9.625
字　　数： 180 千字
定　　价： 45.00元

Time Zone Sojourns